継《まま》母《はは》の連れ子が元カノだった 4

Mamahaha Tsurego Motokano

ファースト・キスが布告する

「久しぶり。円香さん」
「——水斗くんじゃ～ん!!
ひっさしぶりぃーーっ!!」
伊理戸水斗
Mizuto Irido
結女の元カレにして義兄弟。円香には何故か従順で……？
種里円香
Madoka Tanesato
清楚な見た目とは裏腹にかなり陽キャな、親戚のお姉さん。

「（なんで振り払わないのよ、この男は……！）」
伊理戸結女
Yume Irido
美少女優等生として高校デビューに成功した、水斗の元カノにして義姉妹。
種里竹真
Chikuma Tanesato
円香の弟。極度の人見知りで、いつも姉の後ろに隠れている。

あのときもあなたは、この人気のない社で、独りでいて。

でも、その年に限っては……私に、通話をかけてきた。

「あなた——」

くすりと、私は、二年前にはできなかった笑い方をする。

「——私のこと、本当に好きだったのね？」

継母の連れ子が元カノだった4

ファースト・キスが布告する

紙城境介

角川スニーカー文庫

22109

目次 Contents

illustration: たかや Ki
design work: 伸童舎

未来のカップルの日常スナップショット　夜の通話

それは、中学二年の夏休みのこと。

夜ご飯を食べて自室に戻ってきた私は、ベッドに寝転がって溜《た》め息《いき》をついていた。

思い出すのは、ほんの数日前の、人生で初めてのデートのことだ。

浴衣を着て、伊理戸《いりど》くんとお祭りに行った。

言葉にすればそれだけなのに、全然現実感がなかった。

だって、だって、ちゃんと話すようになって、まだ一〇日くらいなのに。

こんなにすぐお祭りデートなんて、私の人生どうしちゃったの？　確変なの？　確変ってやつなの？

それに、それに──

「……くふふ……」

枕に押しつけた口から、我ながら気色悪い笑みが零《こぼ》れる。

「……はー……」

迷子になって、スマホ越しに泣き言を言う私を、伊理戸くんが見つけてくれた。

こんなんじゃ嫌われるって、ネガティブなことばかり考えていた私に、『いくらでも迷惑をかけてくれ』って、言ってくれた。

はあ～…………好き！

好き、好きっ、好きっ！　好きぃ～～～～っ!!

ベッドの上で足をばたばたさせる私。

人って、こんな短期間で、こんな風になっちゃうんだ。

少し前までは、ちょっとしたライバルとして敵意すら持っていたのに。

もう、伊理戸くんのことを考えると、ドキドキして、ふわふわして、何にも手につかない。

早く会いたい……。お話ししたい。

確か、明日までだ。

明日までは用事があって、図書室に来られないって言ってた。

だから、明後日《あさって》になったら、また会える……。

枕にほっぺたをつけた私の視界に、枕元に置いたスマホが入った。

……あ、そっか。

連絡先は交換したんだから、話そうと思えば、今からだって……。

だ……大丈夫かな？　迷惑じゃないかな？

もう、完全に夜だし……。ウザがられたり、しないかな？

い、いや、大丈夫だよね……。お祭りデートのときの私は、もっとウザかったもん。あれを許してくれたんだから、夜中に通話かけるくらい……。

迷いながら、スマホに手を伸ばす。

まさに、その瞬間だった。

まだ指一本触れていないスマホが、着信音を鳴らしたのだ。

「わっ!?」

まだ何の設定もしていない、デフォルトの着信音。

私は慌ててスマホを摑《つか》むと、発信元を確認した。

「い……伊理戸くん……！」

な……なんでなんで!?　テレパシー!?

話したいと思ってるときに、向こうからかけてくるなんて……！

か、確変……確変だよぉ……。神様が、私の願い事を何でもかんでも叶《かな》えるモードに入っちゃったよぉ……。将来、揺り戻しがありそうで怖いよぉ……。

とにかく、出ないと……！　もたもたしてたら切られちゃう！

「もっ！　……もしもし～……」

力が入りすぎて、最初の一声がでかくなりすぎた。

かと思って調節したら、何だか寝起きドッキリみたいになっちゃった。

相変わらず、私の喉のボリューム調節機能はぶっ壊れている……。このポンコツ……！

『……もしもし？』

伊理戸くんの声は、ちょっと音質が悪かった。電波が悪いのかな？

『今……大丈夫か？』

「う、うん……！　大丈夫だよっ、全然！　すごく暇だったからっ！」

ちょっとアピールしすぎたような気がする。落ち着け！

緊張を誤魔化《ごまか》すように、私は話題を繋《つな》ぐ。

「ど、どうしたの？　な、何か用でも、あったかな……？」

『いや……用は、特にないかな』

「あ、そうなんだ……？」

『うん。……ちょっと、綾井《あやい》と、話したいなと思って』

「へぅっ」

心臓が跳ねすぎて、変な声が出た。

わた、わ、わた、わた、私と⁇　えっ、どういう意味？　どういう意味⁉

「あ……あの……私も……」

ヘタレるな。アクセルを踏め！

「私も……伊理戸くんと、お話ししたいなって、思ってた、よ」

い、言えたーっ!!　えらい！　私、えらい！

『そっか。……じゃあ、ちょうどよかったな』

「そ、そうだね！　……えへへ……」

伊理戸くんの声が、呼吸が、耳元から聞こえる。

夜なのに。家の中にいるのに。

こんなに幸せなことって、あっていいのかな……？

それから私たちは、取り留めのない話をした。

最近読んだ本のことに、図書室の入荷情報。二人とも交友関係が狭いものだから、小説関係の話題しかないけれど、それでも話すことは尽きなかった。

「やっぱりね、トリックの奇抜さで競う時代は終わったなって思うよね」

『そうだな。今時のミステリはどちらかといえば論理の巧妙さを競ってる雰囲気がある。特殊設定ものが増えたのもその辺の――』

そのとき、遠くからざざあっと木が揺れる音がした気がした。

私は思わず窓の外を見る。けど、マンションだから木なんて見えるわけがない。

「外、風強いのかな？」

『ん、ああ――ちょっとな』

伊理戸くんの答えに、私は少し違和感を覚えたけど、すぐにそれどころじゃなくなった。

「結女《ゆめ》ー？　起きてるー？　お邪魔しまーす！」

「ひゃあっうわわっ⁉」

ガチャリとドアを開けて、お母さんが部屋に入ってきたのだ。

私は慌てて布団に潜り、スマホを胸に抱えて隠す。

「なっ、なっ、なっ、なにっ？」

「ゴミ箱の中身を回収しに参りましたー」

「の、ノックくらいしてよぉ……！」

「えぇー？　今までそんなこと言わなかったのに。まさか反抗期？」

あ、危ない……！

こんな夜に男子と通話してるなんてお母さんに知られたら、一生いじり倒される！

お母さんは引きずってきたゴミ袋に、ゴミ箱の中身をばさーっと入れる。それが終わったらすぐに出ていってくれる……と、思ったんだけど。

「あーもう。ティッシュがこんなところに転がって……」

机の下に手を伸ばして、丸めたティッシュを拾いながら、お母さんは言う。

伊理戸くんと通話が繋がった、この状況で。

「ちゃんとゴミ箱に入れなさいって言ってるでしょー？　ベッドの上でダラダラしながら、横着して投げ入れてるんでしょー。ノーコンのくせに――」

「わー!!　わあああーっ!!」

なんっ、なんてこと言うのっ！　伊理戸くんが聞いてるかもしれないのに!!

私はスマホを布団の中に置いて、ベッドから飛び出した。

「ダラダラなんてしてないから!!　そのティッシュはたまたま転がってただけで――」

「えー？　結女、結構ズボラなところあるじゃない。この前だってトイレにナプ――」

「うるさいぃぃーっ!!　用が終わったならもう出てってーっ!!」

「あーっ、反抗期！　ついに反抗期なのね、結女！」

本当に本当に有り得ない話をしようとしたお母さんを、部屋の外に叩《たた》き出《だ》す。

そして私は布団の中に戻り、恐る恐る、通話が繋がりっぱなしになっているスマホを耳に当てた。

「ご……ごめんね……。お母さんが来て……」

『いや、大丈夫だよ』

「……話、聞こえてた……？」

聞かれていたら、もう私は本当にダメかもしれない。

今までお母さんのことは好きだったけど、今日をもって嫌いになるかもしれない。大反抗期の到来を宣言するかもしれない。
そんな悲壮な覚悟を決めながら答えを待っていたんだけど、
『いや……聞こえなかったよ、何も』
「そ……そっか……」
よかったぁ……。
——と、胸を撫《な》で下《お》ろしたのも束《つか》の間《ま》、
『……始めのほうは、君の鼓動がずっと聞こえてたけど』
「え」
私は自分の行動を思い返した。
確か、そう——
——私は慌てて布団に潜り、スマホを胸に抱えて隠す
——スマホを胸に抱えて
——胸に抱えて
ずっと……スマホの通話口を、心臓に押しつけてた……？
私の鼓動を……伊理戸くんに、リアルタイムでお届けしてた……？
「あ、あぅ……ぅぁ、あああぁ——」
『い、いやいや！　別に嫌じゃなかったから！　むしろ勝手に聞いててごめん！』

『なんていうか……綾井が、生きてるんだなって……存在するんだなって、そう思って……そしたら、安心してさ……。うわ、ちょっとこれはキモいな。ごめん！』

「う……ぅう～……!!」

は、恥ずかしいっ……!!

鼓動を聞かれるのって、こんなに恥ずかしいの……!? 裸とか下着を見られるのとはまた違うっていうか、もっと深いものを覗《のぞ》かれたかのような……!!

「わ、私……変じゃなかった……？」

『別に……。強いて言えば、リズムが速かったような気がするけど』

「うあぁ～～」

『あの状況なら普通だって！ 普通！』

ああ～、慰めてくれる～！ 優しい～！ 好き～！

『……君は頑張ってるよ、綾井。自信を持て』

うえああっ!?

急に囁《ささや》き声で言われたものだから仰天して、私は頭の先まで布団に潜り込む。

真っ暗な闇の中、スマホ越しに伊理戸くんの吐息だけを聞く。

そうしていると、自然と言葉が零《こぼ》れた。

「もう一回……言ってくれる？」

『君は頑張ってる』

「うん」

『えらい』

「うん、うん」

『それから――なんか変な音声動画みたいになってきたな』

「ふくくっ」

私が小さく笑みを零すと、伊理戸くんもスマホの向こうで小さく笑った。

伊理戸くんは、ここにはいないけど……顔も見えないけど……通じ合ってるって、気がした。

『綾井』

不意に名前を呼ばれた。

「ん？　どうしたの？」

『……いや……』

何か迷うような声音だった。

『実は、そろそろ、スマホの充電がヤバくてさ』

「あ、そっか……」

夢のような時間は、もうおしまいらしい。

名残惜しいけれど、ぐずるような真似《まね》はしたくない。

「伊理戸くん。私、頑張るから……また、お話ししてくれるかな？」

『ああ、もちろん。明後日《あさって》には、また図書室、行けると思うから』

「うん。待ってるね。待ってるね」

『それじゃあ……』

「うん。……それじゃあ……」

『……また』

「また、ね」

数秒、後ろ髪を引かれる沈黙があってから、通話が切れた。

布団の中でぼんやりと光るスマホの画面を見る。

通話時間、43分45秒。

8月12日、午後7時59分。

私は布団から顔を出すと、天井を見上げてほうと息をついた。

明後日、早く来ないかな。

43分前よりも強く、そう思う。

……充電くらい、しながら話してくれればよかったのにな。

元カップルは刺激が欲しい「カッコいいとか言うな」

「ねえ、水斗《みずと》くん。この本の栞《しおり》、どこに行ったの？」

昼下がりに、リビングでだらりと読書しているときだった。

結女《ゆめ》に話しかけられて、僕は仕方なく本から目を上げる。この本、と言って結女が見せているのは、この前僕がこの女から借りたものだ。……栞？

「ああ……そういえばあったっけ。たぶん僕の机のどこかにあると思うが」

「えぇー？　あのごちゃごちゃの机に？　なんでちゃんと挟んでおかないの？」

「悪かったな。使わなかったんだよ。あとで探して持っていくから――」

「いま持ってきて！　どうせ忘れるでしょ！」

「はあー？　めんどくさ……」

「は？　あなたが人に借りたものを雑に扱うのが悪いんじゃないの？」

「あー、はいはい」

僕は溜《た》め息《いき》をつきながらソファーから立ち上がった。君の言う通りだよ、わかったわかった。

さっさと見つけ出して読書に戻ろうと思った僕だったが、リビングを出る前に、僕たちに向けられた視線に気が付いた。

珍しく二人揃《そろ》って休日の、父さんと由仁《ゆに》さんである。

二人はダイニングテーブルに座りながら、笑いを堪《こら》えるような顔をしていた。

「ど……どうしたの？」

同じくそれに気付いた結女が訊《き》くと、由仁さんがぷすっと笑みを零す。

「いや、その、だって……ねえ？」

「うん。そうだね。わかるわかる」

くくく、と父さんも小さく肩を揺らした。

僕も結女も、わけもわからず首を傾《かし》げるしかない。今の一幕に、何かおかしいところがあったか……？

由仁さんがなおもくすくす笑いながら、僕たちに言う。

「今の二人——何だか、倦怠期《けんたいき》のカップルみたいだったんだもの」

「「!?」」

倦怠期。

というものの存在を、一応、知識としては聞き及んでいる。

付き合い始めた男女が、一緒にいることに慣れてきて、関係がマンネリ化したり、相手の嫌なところが目についてきたりする時期のことだ。

場合によってはそのまま別れてしまうこともある、カップルや夫婦の大敵——

「予想外だったわ」

自分のクッションをぎゅうと床に押しつけながら、結女は言った。

結女の部屋である。

想定外の事態に対処するための、緊急対策会議であった。

「この生活にも慣れてきて、ボロが出ることはもうないと思っていたのに……まさか、慣れることが裏目に出るだなんて……」

「倦怠期……考えてみれば、一番本物のカップルっぽい現象だよな。仮に恋人のフリをした偽物のカップルがいたとして、倦怠期までは再現しないだろ」

「別にもうカップルじゃないでしょ、私たちは！」

「そうなんだが、そう見えてしまうことが問題なんだろ」

もちろん父さんたちも、本気で言ったわけじゃないだろう——僕らが昔、付き合っていたという事実に勘付いたわけではないと思う。

ただ、四ヶ月にも及ぶ同居生活への慣れから、少々緊張感が緩んでいたことは否めない。

さっきのだって、『うまくやっている義理のきょうだい』のやり取りではなかったしな
――それこそ倦怠期のカップルとか、あるいはリアルきょうだいのやり取りだった。

まったくの初対面だったにしては慣れるのが早すぎる、と考えられてしまう可能性も、ないとは言えない。

「初心を思い出す必要があるわ……」

苦虫を噛《か》み潰《つぶ》したような顔で、結女は告げた。

「四ヶ月前――同居生活が始まった頃の緊張感を取り戻すのよ」

「まあ、父さんたちの目を抜きにしても、君、最近ぐだぐだだったからな。当たり前のように夜に通話かけてきたり、油断した格好でリビングに出てきたり」

「ゆっ、油断なんてしてないわよ！　夏だから薄着なだけでしょ!?」

結女は自分の身体《からだ》を隠すようにクッションを抱き締めて、ずりっと後ずさる。

今の結女の格好は大きめサイズのシャツに短めのキュロットで、靴下は暑いからかいつものニーソではなくハイソックスだ。

外では意地でも生足を見せないくせに太腿《ふともも》が半分くらい見えてしまっているし、シャツだって大きめなせいで、ちょっと屈《かが》んだときとかに襟ぐりがふわりとたゆみ、胸元が覗けそうになってしまう。覗いてないけど。覗いてないけどな。

それに、眼鏡をかけていた。

普段はコンタクトレンズを着けているんだろうが、夏休みに入って外に出ない日が増えてくると、面倒臭くなったのか眼鏡で過ごすことが多くなったのだ——そうなると、もう、僕としては、どうしても中学の頃のことを思い出してしまって、ひどく精神衛生に悪い。

「……目がエロい」

眼鏡のレンズの奥から、ジトッとした視線が睨《にら》みつけてくる。そう言いながら膝を持ち上げ、太腿を見せつけるようにしてくるのはわざとなのかと言いたいが、ぐっと我慢して目を横に逸《そ》らした。

「……とにかく、四ヶ月前ならそんな気の抜けた格好で僕の前に出るなんて有り得なかっただろ。中学時代の気分が抜けたと言えばいいように聞こえるものの……」

「あーもー、ぐちぐちうるさい！　何にせよ、倦怠期を乗り越えればいいんでしょ、倦怠期を！」

「だから、別に付き合ってないんだから倦怠期じゃないだろ。……いや待て。モデルケースとしては使えるか？」

「モデルケース？」

「カップルが倦怠期を乗り越える方法を、僕たちが緊張感を取り戻すのに応用できるんじゃないかってことだ」

「ああ、なるほど……。確かに、何をすればいいかわからないものね……」

下唇を親指でむにりと押さえ、結女は唸《うな》った。

「でも……倦怠期を乗り越えるって、どうやるの？」

「…………………」

「……なんで無言？」

「いや……そういえば僕ら、それができなくて別れたんだったなと思って」

「…………確かに…………」

まさしく、嫌なところが目に付くようになって、のパターンだった。

当時の僕たちはそういう名前だとは思っていなかったが、去年の夏辺りから続いた半年間こそ、僕たちの倦怠期だったのだろう。

あまりに何もない期間すぎて、回想のしようもないが。

「こうなったら、先人の知恵に頼るしかないわね」

「先人の知恵？」

「インターネットとも言うわ」

「……君、もしかして、僕と何かあるたびに、ネットの知識で何とかしようとしてたんじゃないだろうな」

「そ……そんなわけないでしょ？」

目が泳いでいる。道理でたまに変なことしてくると思った。

結女はいそいそとスマホを手に取ると、「倦怠期。乗り越え方」と音声入力して検索をかけた。恥も外聞もない行為だったが、実際、今の僕らには他に頼るものがない。

「えーと……」

たちたちと画面を指でタップし、結女の目が上下に動く。

「どうだ？」

「……『倦怠期は早ければ付き合い始めて三ヶ月目くらいに来ます』」

……むしろ一番仲の良かった頃だな。

「『倦怠期を乗り越えるには、相手への愛情を再確認することが重要です』——だって」

眼鏡越しの目がちらりとこっちを見る。何を言わせたいんだ。

「御託はいい。具体的手段を示せ、手段を」

「すぐに結論に行こうとする。そういうところが嫌いだったのよ」

「おっ、再確認できてるじゃないか。脱却したんじゃないか、倦怠期」

「倦怠期から嫌悪期に絶賛進化中よ」

えーと、とまた結女の目がスマホに戻り、

「倦怠期を乗り越える方法その一——普段は行かない場所にデートに行くのが有効です」

僕らはしばし、沈黙する。

父さんたちにカップルだと思われないようにするために、カップルそのものの行為をしなければならないとは、これ如何《いか》に。

……デート。

「……どうする？」

結女はクッションを抱き締め、足を崩して人魚姫のような座り方をして、緩く首を傾げながら、僕を見つめた。

「……する？　デート……」

僕としては、即座に一笑に付してほしかったんだが。

……やっぱり、最近ぐだぐだだな。

「…………するにしても、どこに行くんだよ。普段は行かない場所ってどこだ？」

「本屋さんとか、図書館とか以外？　……ああいや、これは中学の頃の話ね」

確かに中学の頃は本屋や図書館ばかり行っていたが、同居するようになってからは、一緒に行ったことはそんなにない。

というか、普段行く場所を除外する、という考え方で行くなら――

「……家と学校以外ならどこでもいいんじゃないか？」

「……なるほど」

家でも学校でも一緒のせいで、倦怠期のカップルと言われるほどぐだぐだになってしまったという面は、確かにある。

ならば、環境を変えてみるというのは、悪くない手段かもしれない。

「ふうーん……なるほど、なるほどー……」

などと呟《つぶや》きながら、結女はしばらくの間、すいすいとスマホをスワイプした。何のなるほどなんだ、それは？

「……だったら、ちょうどいいかも」

「何がだ？」

「家と学校以外ならどこでもいいんでしょ。ちょうど買いたいものがあったから、ちょっとそれに付き合ってよ」

「買いたいもの……？」

本以外で？　夏服を買うには遅いし……。

結女は抱き締めたクッションに顎を乗せて、まるでからかうようににやっと唇を歪《ゆが》めた。

「み・ず・ぎ」

「ちょっと本屋行ってくる」

「おおー。暑さで倒れるなよー」

「行ってらっしゃーい」

僕の嘘《うそ》八百を、父さんと由仁さんは欠片《かけら》も疑わなかった。こういうとき、外出先が限られていると便利だ。

僕は玄関を出て、家の前の道を少し歩き、最初の角を曲がったところで足を止める。

あっつい……。

電信柱の影の中から、ミンミンと蟬《せみ》の鳴く夏空を見上げた。サウナみたいに籠もった熱が、じわじわと真綿で首を絞めるように僕の体温を上げていく。早くもクーラーの効いた部屋に帰りたくなってきた。

着替えるから先に出てろと言われたが、あの女、もしや僕を熱中症で殺すつもりじゃあるまいな。

「お待たせ。生きてる？」

そんな風に思い始めた頃、角の向こうからひょっこりと結女が顔を出した。

どうせいつもと同じお嬢様ルックなんだろう、と思いながらその姿を見た僕は、一瞬、脳を混乱させる。

誰なのかわからなかったのだ。

今日の結女のファッションは、一言で言えば活動的だった。上は白いシャツで下は青いデニムのショートパンツ。脚は黒いニーソックスで覆われている。

驚くべきはその露出度だ。上のシャツは袖が肩を覆うくらいまでしかなく、襟ぐりも深めに開いていて鎖骨の端が覗《のぞ》いている。ショートパンツとニーソックスの間には太腿が覗けていて、ニーソの口ゴムがわずかに肌に食い込んでいた。

しかし、僕にとって何より危険だったのが、首から上だ。

陽射《ひざ》し避《よ》けのためか、頭にはもこっと膨らんだ帽子を被《かぶ》り、鬱陶しいくらい長い黒髪は二つに結んで肩から前に垂らしている。

それだけでも想起するものがあったのに、極めつけは目だ。

さっき、部屋で掛けていた眼鏡を、そのまま掛けていやがった。

「くくくっ」

結女は僕の顔を見ながら、いたずらに成功した子供のように小さく肩を揺らす。

「倦怠期《けんたいき》を乗り越える方法その二。サプライズも有効です」

ぐ、と僕は顔をしかめる。

やっぱりわざとだったか。

肩から垂らした二つ結びに、眼鏡——それは丸っきり、中学の頃の綾井《あやい》結女だった。

ただ、印象は真逆と言っていいくらい違ったが。

「ま、知り合いに見られたら面倒臭そうだしね。変装ってことで。……あ、そうだ。これ」

そう言って、結女は青色の野球帽みたいな帽子を差し出してくる。ん？

「あなただって中間で一位取ってから、学校で顔が知られてきてるんだから。これ被ってたら気付かれにくいでしょ？」

「……んな芸能人みたいな」

「夏休み明けに、私たちがデートしてたって噂《うわさ》が流れててもいいなら別に被らなくてもいいけど？」

「……ん……」

「それに」

僕が許可を出す前に、結女はぽんと僕の頭に帽子を載せる。

「今日、陽射し強いし。熱中症にでもなられたら面倒だわ」

帽子のつば越しに見える顔は、僕の後をとてとてついてくるばかりだった綾井結女とは、似ても似つかなかった。

背が伸びたせいか、雰囲気の違うファッションのせいか。

あるいは——精神的な成長がそう見せるのか。

だからって、君の弟になるつもりはないが。

「………わかったよ」

「よろしい」

僕は帽子を目深に被る。

そして出発しようと思ったが、その前に、結女が挙動不審にちらちらと僕を見た。

「なんだ。まだ何かあるのか？」

「ええ、まあ、そのー……あと、ひとつだけ……」

結女がおずおずと、ショルダーバッグからそれを取り出す。

眼鏡だった。

結女はねだるような上目遣いで僕を見つめながら、手に持った眼鏡のつるを開いて僕の顔に近付けてくる。

「変装ってことで……私も掛けてるし……これも……」

「いやだ」

「なんでよーっ！　カッコいいのに！」

カッコいいとか言うな。


炎天下を何十分も歩くのは耐えられそうになかったので、バスに乗ってデパートを目指した。

もっと近くにショッピングモールもあるのだが、そこは『普段行く場所』の範疇《はんちゅう》なので避けた形だ――これはあくまでかつての緊張感を取り戻すための外出である。それを忘れたら、ただ僕が買い物に付き合わされただけになる。

「水着って、君、海にでも行くのか？」

エントランスに入るなり全身を包んだ冷気にほっと息をつきながら、僕は結女に言った。

結女はハンカチで首筋を拭いながら、

「別に？　そういう計画、暁月《あかつき》さん辺りが立ててるかなと思ったけど、ナンパが嫌だからパスだって。まあ遠いしね、海」

「……ふうん」

「安心したかしら、シスコンさん？」

僕の胸の前に頭を滑り込ませて、結女は下からこっちの顔を覗き込む。

僕は表情を崩さなかったけれど、結女はくすくすとからかうように笑った。

今日はなんだかマウントを取られがちだな。気を付けなければ。

「それなら、なんで水着なんか必要なんだよ？」

主導権を握るべく訊《き》き直すと、結女はショウウインドウを見やりながら、

「なんでって、峰秋《みねあき》おじさんに言われたんだけど。お盆に必要になるかもって」

「父さんに？　お盆って――ああ、海じゃなくて川か」

お盆休みには、父さんの田舎に帰省する予定になっている。

今、住んでいる家は元々、僕が生まれる前に死んだ祖父《じい》さんのものだった。だから父さ

んは生まれも育ちもこっちなんだが、祖母《ばあ》さん（存命）の実家がまた別にあり、僕らは毎年お盆になると、その家に帰省するのが習わしになっているのだ。

特に、今年は家族が増えたからな――顔を出さないわけにはいくまい。

その祖母さんの実家というのが『ザ・田舎』で、娯楽と言えば川遊びくらいしかないという、現代の秘境みたいな場所なのである。まあ僕は子供の頃から、もっぱらひい祖父さんの蔵書を漁《あさ》って過ごしていたけどな――僕が濫読《らんどく》派になった主たる要因と言えよう。

そのための水着だと思うと、なるほど、東頭《ひがしら》や南《みなみ》さんではなく、僕と買いに来るという判断にもうなずける。水着を必要としているのが自分だけでは、買い物にも誘いにくいか。

「華の女子高生が川遊びのために水着を新調するのか。しみったれてて泣けてくるな」

「何よ。いいじゃない、川。人だらけの海水浴場よりよっぽど楽しそうだわ」

「まあ、それはそうかもしれんが。身内にしか見せないんだったら、去年のを使い回せば充分なんじゃないのか？」

「……それ、嫌味《いやみ》？」

「は？」

結女はじとっとした目で僕を睨《にら》みつけ、片腕でお腹《なか》を抱えるようにした。

「去年の私の体型を知ってて言ってるのよね？」

「……あ」

僕は思わず、本当に他意なく、視線を結女の胸元に滑らせた。

今こそはっきりとわかるほど白いシャツを押し上げている膨らみは、しかし一年前には存在しなかった。いや、中学三年になった頃から遅めの成長期が来たような印象だったから、去年の今頃には結構あったのかもしれないが——夏休み前に喧嘩《けんか》した僕には、それを確かめる機会はなく。

「……見過ぎ」

結女は両腕で胸を隠し、僕から一歩距離を取った。

「何？　今日は発情期なの？　大丈夫？　この後、水着選んで試着するけど。襲いかかったりしない？」

「するか。僕がそんな猿みたいな奴《やつ》だったら、今頃東頭はとんでもないことになってるよ」

「…………。悔しいけど、説得力のある反論だわ……」

東頭がノーガードな奴で良かったと初めて思った。

結女は離した距離を元に戻し、

「でも、そういう風に見るのはできる限り控えてよ。今日はあなたにサービスする日じゃないんだから」

「は？　サービスになると思ってるのか？　自分の水着が？　うーわ。ずいぶんと自信がおありなんですね。尊敬しちゃうなあ〜」

「むっっっっっっっっっっかつく!!」

げしっとふくらはぎを蹴られながら、水着売り場までやってくる。

一番目立つところに置かれたマネキンは、ブラジルのビーチとかじゃないと似合わなそうな大胆なビキニを纏《まと》っていた。夏でもニーソを穿《は》いているような露出嫌いが、まさかこんなのを着るとは思えないが……。

「……あの。熱視線を注いでいるところ申し訳ないんだけど……それは無理よ？　無理だからね？　お尻ほとんど出てるからね？」

「わかってるよ。誰が君に着せるか、こんなもん。誰が見てるかわからないのに……」

「…………誰もいないところだったらいいわけ？」

「……そうは言ってないだろ」

「ふうーん……」

「なんだ、その意味ありげな目は」

「いいえ。そういえば彼女の一張羅のミニスカートに苦言を呈した人がどこかにいたなって」

…………まだ覚えてたのかよ、それ。

「さーて。それじゃ、誰かさんがキモい独占欲に駆られなくて済む程度の水着を探すとしますかっと」

「むっっっっっっっっっっかつく………」

殺意に近い感情を燻《くゆ》らせながら店内に踏み入った、まさに直後だった。

「何かお探しですかお客様ー？」

服屋の店員が　あらわれた！

不気味の谷に片足突っ込んでいる完璧すぎるスマイルを顔面に貼り付けた女性の店員が、超音波じみた高音で話しかけてきたのだった。

もちろん、この人としては店員の本分を全うしているだけなんだろうが、僕にはダンジョンのモンスターにしか見えない。倒すか逃げるか、二つに一つ。

僕が『逃げる』の選択肢に手を伸ばす半秒前、モンスターに向かって勇ましく一歩踏み出す女がいた。

「ええと、水着を探してるんですけど……」

「水着ですね？　ビキニでしょうか？　それともワンピース？」

「あ、とりあえずワンピース……露出度ちょっと控えめなほうが」

言いながら、結女はちらりとこっちを見る。

瞬間、女性店員はさっさっと素早く僕と結女に視線を巡らせ、にっこーっ！　とさらにスマイルを輝かせた。

「ビキニでも、スカート型のものならそれほど気にならないと思いますよ？　彼氏さんも安心だと思います！」

「えっ」

　えっ。

「あ、あの……か、彼氏では……！」

「それではお探し致しますので、サイズのほうお聞かせ願えますでしょうかー？」

「えっ、あっ、さ、サイズ!?」

　結女は少し顔を赤くし、あたふたと僕と店員の間で視線を往復させると、店員の耳元に顔を寄せて、ごにょごにょと耳打ちした。

　店員はうんうんとうなずいて、

「承知致しました！　少々お待ちくださーい！」

　素早く店の奥のほうに消えていく。

　結女は赤くなった耳をぎゅうっと手で押さえて、ふうと溜《た》め息《いき》をついた。

「へ、変なこと言われて焦っちゃった……」

「君、こういうの大丈夫だったんだな。てっきり苦手なほうだと思ってたけど」

「苦手よ。苦手だけど克服したの。……誰かさんはぜーんぜん気を遣ってなかったけど、女子のほうは、そういうわけにもいかないでしょ」

　僕は否応《いやおう》なしに、初めてこの女の私服を見たときのことを思い出した。

　友達付き合いさえ覚束《おぼつか》ない有様だったくせに、初めて見たそれは、驚くほどちゃんとしていた。……あったわけだ、僕の見えないところで、努力ってやつが。

まあ、今となっては関係のない話だが――

「――ねえ！　見た⁉　見た⁉」

「見た見た！　かっわいーっ！　高校生カップル甘酸っぺー！」

「…………………」

「…………………」

もっと聞こえないところで話せよ、店員。

お互い気まずい空気になって、ラックに掛かった水着を眺めたり、通路を行く人波を眺めたりしていると、程なくして、さっきの女性店員が戻ってきた。

「お待たせ致しましたー！　ご希望に沿うものを見繕って参りました！　もしサイズが合わなければ遠慮なくお申し付けください！　あ、試着の際は下着の上からお願い致しますね！」

女性店員はそう言って一着の水着を結女に渡すと、なぜか僕のほうに意味ありげな目配《めくば》せを送ってから、カウンターのほうに帰っていった。なんだ、その『頑張ってね』みたいな目は。

「えーと……それじゃ、試着してくるけど……」

水着を手に試着室のほうに身体《からだ》を向け、結女はちらりと僕を振り返る。

「……見る？」

いや、見るってなんだよ。

「そんなの、自分で鏡見て判断しろよ」

「じ、自分で水着買うのなんて初めてだから、人の意見を聞きたいのよ！」

「僕の好みを聞いたら、その通りの水着を着てくれるのか？」

「それは……ぎゃ、逆に決まってるでしょ、逆に。あなたが好きなそうな水着を選ぶの」

なるほどな。だったら安心だな。

「……まあ、この店の中に一人取り残されるのもアレだしな」

「でしょう？　あなたに最も似合わない場所だものね」

「おかげさまでな」

試着室のほうに移動すると、結女はカーテンの中に姿を消し、僕はその前のスツールに腰を下ろした。

水着か……。中学の頃は水泳の授業があったが、高校にはプール自体が存在しない。だから、この女の水着を見ることなんて金輪際ないものと思っていたが……。

しゅるっ……ぱさっ。ジイイ――

カーテンの向こうから、衣擦《きぬず》れの音や服が床に落ちる音、さらにはジッパーを下げる音などが生々しく聞こえてくる。こんな薄いカーテンを一枚隔てただけの場所で、よく服を脱げるものだ――さらには、すぐ近くに僕がいるっていうのに。

着替え途中の結女に遭遇する、というい かにもありがちな事態は、幸い、まだ一度も起こしていない。まあ正確に言うと、風呂上がりに遭遇したことはあったのだが――そのとき不覚にも目撃してしまった、真っ白な肉感ある曲線が脳裏に浮かんできて、僕はすぐに打ち消す。

中学生か。

もう四ヶ月も同居しているんだぞ――今更この程度で意識するな。

心頭滅却していると、衣擦れの音がしなくなった。

十何秒かの間の後、カーテンが少しだけ開かれて、結女が顔だけを出す――眼鏡は掛けたままだった。

「どうした？」

「いえ、その……ま、周りに誰もいない？」

結女はきょろきょろと辺りを見回す。店の外の喧騒《けんそう》が届いてはくるが、周りには僕ら以外には誰もいない。カウンターのほうから店員の視線を感じるくらいだ。それにしたって、角度的に試着室の中には届くまい。

「誰もいないぞ。というかその水着、外で着るんだろ。試着で恥ずかしがっててどうする」

「うっ、うるさいわね！　こんなに肌を出すの初めてで……というか、冷静に考えたらこれって下着と変わんないような気がして……」

「もじもじすればするほど誰かに見られる可能性が上がるぞ」

「急《せ》かさないでよ！　そんなに見たいわけ⁉」

「嫌なことは早めに済ませる派なんだ」

「このっ……！　ほ、吠《ほ》え面《づら》かくわよ！」

シャッ！　と勢いよくカーテンが引かれる。

まず、純白のスカートと、そこから伸びる白い太腿《ふともも》が見えた。

視界の上端に見切れたお腹《なか》に視線を上げれば、不安になるほど細い腰の真ん中に、小さなへそが空いている。

さらに目を上げると、花柄の白い布地があった。二つに結んだお下げが、細身の割に大きな膨らみに沿うように流れ、肋骨《ろっこつ》の辺りに影を作っている。

そして最後に、何か我慢するように唇を引き結んだ顔を見た。

見覚えのある眼鏡と、視界の下に見切れる谷間とがコンフリクトを起こして、ちかちかと目が眩《くら》んだような気がした。

「……どう？」

もじ、と太腿を擦り合わせながら、結女は眼鏡越しに視線を送ってくる。

その懐かしい顔と、最低限の布地に覆われた体型とが、僕の中で一致しなかった。

綾井は、間違ってもスタイルのいいほうじゃなかったのに。キスしたり抱き合ったりして、多少興奮してるときですら、胸やお尻に触ろうなんて一度も思わなかったのに。なのに、こんな、馬鹿な……！

「……えーっ……と……」

脳がまともに言葉を紡ぎ出すのに、何秒もかかった。

「……いいんじゃないか。たぶん」

「だ……ダメよ、そんなんじゃ。もっとちゃんと褒めて」

「ちゃんとって言われても……」

結女は試着室の壁際に置いたバッグをごそごそ漁《あさ》ったかと思うと、スマートフォンを取り出して、その画面を僕に突きつけた。

「倦怠期《けんたいき》を乗り越える方法その三。相手のいいところを探して褒めましょう」

「ぐっ……！」

よもや、ここまで計算済みか！

これを拒絶してしまうと、この外出自体の意義が破綻してしまう。急に買い物に付き合えなんて言い出したのも、こうやって僕を辱めるためだったのか……！

結女は勝ち誇るように薄く笑う。

「さあ、どうしたの？　私のいいところ、教えてよ、水斗くん」

僕は改めて、白いビキニに身を包んだ結女を見た。

スカートタイプのボトムスから伸びる脚は、細いだけじゃなくて長い。無駄な肉が少しもなく、その上、本当に毛穴があるのかと思うほど真っ白で、きっとこの脚を羨む女性は世にいくらでもいるだろうと思える。

その足と三角形を描くようなお尻の曲線を経て、今度はきゅっと引き締まった腰だ。女子の腰って、なんでこんなに細いんだろう。ウエストサイズ自体は中学時代とさして変わっていないはずなのに、その上の胸やその下のお尻との対比で、手折《たお》れそうなほど細く見えてしまう。

そして、中学時代との最大の違いである、胸だ。

水着にそういう機能でもあるのか、あるいは着痩せするタイプというやつなのか、いつもより大きく見えた。はっきり谷間と言えるものを作り、お下げ髪を川のように流れさせて……中学の頃は抱き合うとお互いの身体がぴったりとくっついたものだけど、いま同じことをしたら、お腹の辺りに隙間ができるだろうな……。

こんなもん、どこを褒めてもセクハラにしかならない。

僕は主張の大きい胸やくびれた腰、長く細い足を努めて意識から叩《たた》き出《だ》し、当たり障りのない答えを探す。見た目……見た目以外ならどうだ……!?

「か……」

僕はようやくの思いで言葉を絞り出した。

「……家族思いなところ、……とか」

「えっ」

結女の顔が硬直する。

目の動きが止まり、口が半開きになり、頰《ほお》がひくっと動く。

かと思うと、目があちこちに泳ぎ、口がぱくぱくとして、頰が両手で押さえつけられた。

「なっ……なんでこの状況で、内面の話……？」

「し、仕方ないだろうが！　水着姿のいいところ探しなんてしたら、僕が社会的に死ぬ！」

「えあっ……⁉」

瞬間、結女は顔を赤くすると、お腹と胸を腕で隠しながら、試着室の後ろの壁に背中をぶつけた。

「えっ……エロっ！　ムッツリスケベ！　み、水着のデザインを褒めてくれればそれでよかったのよ！　色がイメージに合ってるとか！　そういう！　そういうの！」

「…………そっちだったか…………‼」

痛恨の極みだった。水着を選んだのは店員だから、水着そのものを褒めるのは選択肢から外していた。

結女はカーテンで身体を隠して、顔だけ出して僕を睨《ね》めつける。

「……あなたが普段、私をどんな目で見てるのか、よくわかったわ」

「見せびらかしたのはそっちだろうが！」

「別に、かっ、身体《からだ》を見せたわけじゃないし！　……っていうか、そっちじゃなくて……」

「は？」

「なんでもない！」

結女は顔を引っ込めると、ごそごそとカーテンの中で着替え始めた。

僕は納得いかない気持ちになって、自分の膝で頬杖《ほおづえ》ならぬ顎杖を突く。

せっかく言ってやったんだから、褒め言葉に注文をつけたりするなよ。大体、なんで僕ばっかり……。

「おい」

「んえっ？　ちょ、ちょっと今、着替えてるんだけど……」

「お互いに緊張感を取り戻すためのいいところ探しだろ。だったら僕にばかり言わせてないで、君も何か褒めてみろよ」

「へっ？」

着替えの音が止まる。

しばらく、デパートの喧騒だけが辺りを満たした。

「な……なんだかんだ言って、ちゃんと最後まで付き合ってくれるとこ、……とか……？」

か細い声が、喧騒に紛れながらも、はっきりと僕の耳に届く。

僕は頬杖を突いた手で、口元を摑《つか》むようにした。

そっちも内面の話かよ。

てっきり『眼鏡が似合うところ』とか言ってくるかと思いきや……。

「あー……なるほど。君は普段、そういう目で僕を見ているわけだ」

「そ、そういう目ってどういう目よ？」

「それは、まあ……扱いやすい便利な奴《やつ》とか？」

「あなたが扱いやすかったら全人類扱いやすいことになるわよ！」

否定するなよ。気の利かない奴め。

もう僕は、それっきり黙って、結女の着替えが終わるのを待った。

水着になるときに比べるとずいぶん長い時間がかかって、試着室から結女が出てくる。

「この水着……買ってくる」

「気に入ったのか」

「まあね。そうよ。気に入ったから。私が」

私が、ね。もちろんそうだろう。

結女と一緒にレジに行き、さっきの店員に水着を渡すところを見届ける。その際、水着についていたタグが目に入ってしまった。

9M、と書いてある。

……9M……。

未知の度量衡に遭遇した僕は、知的好奇心に導かれるままスマホを取り出した。9M、9M――トップ83センチ？　C、Dカップ……ふうん……。

「（あの、すみません）」

結女がカウンターに身を乗り出して、店員に小さく話しかけるのが聞こえた。

「（胸が少し苦しかったんですけど……）」

「（あれ、そうですか？　じゃあお聞きしたサイズより大きくなられてますね）」

……………………………………………………。

僕が無我の境地に達しているうちに、女性店員が営業スマイルを超えたニコッニコの笑顔で「ありがとうございましたー！」と言っていた。

結女が店員から水着の入った袋を受け取るのを見て、僕は手を差し出す。

「ん」

「……え？」

「貸せ。僕が持つ」

結女は胸に抱えた袋を見下ろして、

「ど……どうしたの？　なんでいきなり紳士になったの？」

「警戒するな。単にバランスの問題だろ。君はバッグを持ってるけど、僕は手ぶらだ」

「あっ……」

面倒臭いので、一方的に袋を奪い取った。中身は水着一着だ。重さはないに等しかった。

僕が先に歩き出してショップを出ると、結女が隣に追いついてくる。

そして、空白になった自分の手と、袋を持った僕の手を頻《しき》りに見比べた。

「……バランスか」

「どうした」

「いえ、その……なんていうか……あなたは、自分と私のことを、ワンセットのものとして認識してるんだな、と思って……」

「…………………」

僕はしばし、言葉を選ぶ時間を取った。

「……当たり前だろ。こうして一緒に歩いてるんだし……義理とはいえ、きょうだいっていう肩書きで一括《ひとくく》りなんだから」

「……それだけ？」

「それだけだ」

「そうよね。……そうよね」

夏休みのデパートは人が多い。はぐれる危険だってあったが、僕もこいつも、手を繋《つな》ごうとはしなかった。それが必要とは、思えなかった。

確かに、これは再確認だ。

僕がこの女を、この女が僕を、どう思っているかということの。

「用は済んだし、帰るか」

「そうね。帰りましょうか」

「これで緊張感は取り戻せたか?」

「まあ、あなたが私をスケべな目で見てるってことがわかったしね」

「……だから、それは君が見せびらかすせいだろ」

くすくす、と密《ひそ》やかに結女は笑う。

横を向くまでもなく、僕には彼女がどんな顔をしているのかわかった。緩く握った手を口元にやり、ちらりと僕のほうを見ながら、柔らかに口角を上げているのだ。

恋人になって。

きょうだいになって。

もう僕は、この女の顔を知りすぎている。

そりゃあ倦怠期《けんたいき》にも見えるだろう——手を繋ぐどころか、顔を見る必要さえないっていうんだから。

その声が、姿が、存在が。

隣に在ることが――あまりにも、当たり前だった。

店員にカップルと呼ばれても、父さんたちと食卓を囲んでも、たぶんそこは、何も変わらない。

「帰り、本屋寄ってく？」

「そうだな。帰省中に読む本も欲しいしな」

「田舎を満喫する気ゼロすぎるでしょ」

そうして僕たちは、手を繋がずに歩いていく。

――僕は、それでいいと思ったんだ。

夕方くらいになって、僕たちは家路についた。

よく晴れた夏空が、真っ赤な夕焼けに染まっている。道を阻むように横切る電信柱の影を、僕らはひとつ、またひとつと跨《また》いでいく。

「家を出るとき時間をずらしたから、帰りもずらしたほうがいいか？」

「別にいいんじゃない？　帰りにたまたま一緒になったって言えば」

「……確かに、あんまり意識しすぎるのも嘘《うそ》くさいか」

人で溢《あふ》れていたデパートとは対照的に、辺りにはまったく人気がない。

道の両脇に軒を連ねる家々から、子供の声や夕食の準備の音が漏れ聞こえるだけで、アスファルトの地面に落ちる影は、僕と結女の二人分。

まるで誂《あつら》えたようなロケーションに、性懲りもなく蘇《よみがえ》ってこようとする記憶を、僕は脳の深奥に押しやった。

必要ない。

必要ないんだ、もう、それは。

僕たちはやっていける。すべては時間と慣れが解決した。中学時代の黒歴史になんて振り回されず、今の僕たちなりに、もはや新しいとも言えない日常を過ごしていける。

きょうだいになって四ヶ月。

戸惑いの時期は過ぎ去った。

僕たちは元カップルのきょうだいだ。しかし、過去は過去、今は今であって、決して混じり合うことはない。二つの肩書きは問題なく両立し、一方が一方を侵蝕《しんしょく》するようなことは決してない。

僕は、それがわかっていた。

——わかっていたのに。

「あ」

結女が、不意に立ち止まって。

僕との間に、一歩分の距離ができる。

「ここ……」

そこは、分かれ道だった。

今となっては滅多《めった》に通らない、中学の頃の通学路。

そして――


今となっては若気の至りとしか言いようがないが、僕には中学二年から中学三年にかけて、いわゆる彼女というものが存在したことがある。

――夕暮れに染まる通学路
――僕と彼女の家にそれぞれ向かう分かれ道
――ほんのりと赤らんだ綾井の顔
――唇に残る柔らかな感触
次々とフラッシュバックする記憶が、目の前の風景と一致した。
眼鏡におさげの結女が、記憶より少し近い位置から僕の顔を見上げる。
そのとき、涼しい風がびゅうと強く吹き、もこっとした結女の帽子が飛びそうになった。
「「あっ」」

僕は慌てて手を伸ばす。

結女も慌てて手で押さえる。

結果、僕たちの手が重なった。

「…………」

「…………」

今日、初めて触れる、滑らかで冷たい感触に、指先からビリビリと刺激が走った気がした。

気がしただけだ。

すべては錯覚。一時の気の迷い。

そうだ、ほんの四ヶ月ほど前、僕はそう悟ったはずじゃないか。

だけど、ああ——こうも思った。

再婚の話を切り出した父さんに——人間というものは、この歳《とし》になっても気を迷わせることをやめられないらしい、と。

だったら、まだ高校生でしかない僕たちは——

——きゅうっと、結女が僕の手を握る。

握る必要のないはずの手を、強く強く、繋ぎ留めるように握って、帽子の上から下ろす。

それから、もう片方の手で、自分の帽子を取った。

よく見えるようになった顔が、夕焼けの赤に彩られて、何かを待つように僕を見つめていた。

「……倦怠期を乗り越える方法、その四」

そして、将棋で王を追い詰めるように、言い訳を付け加える。

「想《おも》いを行動で伝えましょう」

そんなことは簡単だ。

僕らは何度も、何度も、何度も何度も何度も、それをしてきたんだから。

逆に言えば……一年前は、それをしなかったから、ぐずぐずになって、破綻した。

結女は、そっと瞼《まぶた》を伏せる。

あとは僕が、一歩だけ近付いて、少し腰を屈《かが》めるだけ。

簡単なことだ。

本当に簡単なことだ。

一年前なら、本当に簡単だったんだ。

「――痛《い》たっ！」

僕がデコピンをしてやると、結女は目を白黒させながら額を押さえた。

「倦怠期を乗り越える方法その二、サプライズも有効です——だろ」

「なっ……何するのよ‼」

「んなっ……！」

結女は耳を赤くしてぷるぷる震える。

そんな義妹を捨て置いて、僕は自宅を目指して歩き出した。

「あなたっ……い、今のは完全にっ……！」

「注文通りだろ。想いを行動にして伝えたんだ」

「私にどんな感情を抱えて生きてるのよ⁉」

わかるか、そんなこと。

ただ……僕は、思っただけなんだ。


一年前なら仲直りだが、今それをするのは、ただ未練に引きずられただけだと。


全部なかったことにすることはできない。

半年にも亘《わた》った倦怠期も、別れるという決断も、義理のきょうだいになったことも。

東頭いさなをフッたことも。

何もかもをなかったことにして、一年前に戻るなんてことはできないんだ。

僕には、未練なんてない。

東頭いさながフラれたのは、僕が元カノへの未練を引きずっていたせいなんかじゃない。

昔のことを回想する必要なんて、もうどこにもない。


そのはずだ。

そのはずだ……。

僕たちは同じ家に帰る。

なぜなら、同じ家に住む家族だからである。


「水斗くん。これ、昨日借りた本」

「ああ……どうだった？」

「面白かった。キャラ小説かと思ったけど、謎解きがすごくしっかりしてて」

「ああ。結女さんの好みだと思った」

「うん。……えっと」

「………………」

「また、何か面白そうな本があったら……」

「ああ、うん、もちろん」

僕たちは緊張感を取り戻した。

昨日までのぐだぐださはなりを潜め、実に日の浅い義理のきょうだいらしい、微妙な距離感を思い出すことに成功した。

おかげで、両親から倦怠期《けんたいき》のカップルなどという不名誉な呼ばれ方をすることもなくなった。

なくなった——のだが。

父さんが言う。

「なんかよそよそしくなってないか？」

由仁さんが続く。

「今度はプロポーズの時期を見計らい始めたカップルみたい」

笑い含みの発言に、結女がぷるぷると震えて、座っていたソファーから勢いよく立ち上がった。

「あーもうっ！　どうしたらいいのよっ！　お母さんたちがいろいろ言うせいでわかんなくなっちゃったじゃないっ!!」

「あははは！　ごめんごめん。結女が男の子と仲良くしてるのが未《いま》だに珍しく見えちゃって」

「練習だよ、練習。ウチの親戚たちに会ったらもっとからかわれるぞー？　水斗に女の子のきょうだいができたと言ったら、恐ろしく色めき立っていたからね」

「……行きたくなってきた……」

結局のところ、僕たちが過敏に反応してしまっただけで、二人はただのジョークのつもりだったらしい。

人騒がせな、と言いたいところだが、何事もないならそれが一番という考え方もある。

父さんたちがジョークを言えるうちは、僕たちも家族でいられるのだから。

「どうかしたの？」

結女が不思議そうな顔をして、僕の顔を覗《のぞ》き込《こ》んだ。

今日は懐かしい眼鏡はない。

だから昔のことを思い出しはしなかったけれど、代わりに昨日見た水着を思い出した。

「……いや」

僕は本に視線を落とす。

どこまでが昔で、どこからが今なんだろうな。

わからないよ。本当に。……まったく。

元カノは偵察する「同棲三年目のカップル……?」

リビングから RADWIMPS が聞こえてくると思ったら、水斗《みずと》がテレビで『君の名は。』を観《み》ていた。

ソファーに背をもたせかけ、異常に綺麗《きれい》に描かれた東京の風景を眺める義弟の背中に、私は声をかける。

「何してるの?」

「映画観てる」

「珍しいわね」

「別に僕は観たかったわけじゃないんだが」

僕は?

まるで他に観たかった人がいるかのような——

「結女《ゆめ》さん、お邪魔してますー」

突然、誰もいないところから声が聞こえた。

ぎょっとした直後、ソファーの背もたれの向こうからにゅっと手が伸びてきて、ひらひらと左右に振られる。

その根元を覗き込むと、東頭《ひがしら》さんがソファーに寝転がっていた。

水斗の太腿《ふともも》を枕にして。

「…………………東頭さん、何してるの？」

「映画観てます」

いや、そうじゃなくて。

当たり前のように膝枕をしてもらっている、その状態のことを訊《き》いているんだけど。

「水斗君が『君の名は。』観たことないーなんて信じられないことを言うので、履修させているんです。日本国民の必須科目ですよ、必須！」

「日本もずいぶんと変わった教育方針になったもんだな」

「これ観終わったら『秒速5センチメートル』行きますからね」

「『天気の子』じゃないのか？」

至極自然に話しながら、水斗は水斗で東頭さんのふわっとした髪を指先でもてあそんでいる。

その様子は明らかに恋人同士のそれだったし、もしそうじゃないとしたら飼い犬と飼い主のそれだった。

疑問が過《よ》ぎる。

トゲトゲとした感触と共に、幾度となく抱いた疑いが首をもたげる。

これ、今、二人の部屋デートに遭遇してるんじゃないの？

私たちに黙ってるだけで、本当はこの二人、付き合ってるんじゃないの……？

私たちが見届けた告白の後、なんだかんだあってそういう流れになって、私たちには言いにくくて黙ってて――

――だから、この前、キスしなかったんじゃないの？

「…………………」

――あなたっ……い、今のは完全にっ……！

――注文通りだろ。想いを行動にして伝えたんだ
胸の辺りがトゲトゲして、モヤモヤして――それを振り払いたくて、私はどすっと、水斗の隣にお尻を下ろした。

水斗が横目でこっちを見て、

「……どうした？」

「私も観る」

膝枕どころか肩さえも、肩どころか手すらも触れない距離で、私はちらりと東頭さんの顔を見る。

「直接は喋《しゃべ》ってないのに、秒でケンカップルになっていくのがいいですよねー」

いい機会だ。

ちょうど私には、託された役目がある。

のんきにオタク語りをしている彼女が、本当のところ、水斗とどういう関係なのか――

それを見極める役目が。


「ねえねえ。東頭さんってどんな感じなの？」

興味津々にそう訊いてきたのは、噂《うわさ》好きの同級生――ではなかった。

伊理戸由仁《いりどゆに》。

つまり、私の実のお母さんだった。

午前の何でもない時間、スマホで新刊をチェックしようとしていたときのことだった。

私は顔を上げると、

「……どんな感じって、何が？」

「いや、ほら、夏休みに入ってから毎日のように遊びに来てるんでしょ？　本当のところ、水斗くんとどんな感じなのかな～って。別れたにしては仲が良すぎると思わない？」

おさらいをしよう。

東頭さんの失言によって、お母さんと峰秋《みねあき》おじさんは、彼女を水斗の元カノだと思っているのだ。

突如降って湧いた息子の浮いた話に二人とも興味津々らしく、家に遊びに来た東頭さんと遭遇しては構い倒し、彼女を怯《おび》えさせている。

「……まあ、確かに、仲がいいとは思うけど……ちょっと不自然なくらい」

「でしょ？　でしょ⁉　もしかすると恥ずかしいから別れたって言ってるだけじゃないのかな～って、峰秋さんとも話してるの！　……それでね、結女、偵察してきてくれない？」

「うん。……うん？」

思わずうなずいてしまったけど、今なんて言った？　偵察？

「東頭さん、わたしたちじゃ緊張しちゃうみたいだから。結女ならそれとな～く探りを入れられるかなーって」

「な、なんで私がそんなこと……」

「結女も気になるでしょ、二人のこと？」

「…………それは、まあ」

「じゃあいいじゃない！　よろしくね！」

一方的に言われて、私は二の句が継げなかった。

この積極性、どうして私には遺伝しなかったんだろう。遺伝子の構造に文句を付けたくなった。

テレビの中で、主人公とヒロインがラブコメをしている。

この映画を前に観たのはだいぶ昔のことで、確か隣に座っている男と付き合い始める直前くらいだったような気がするけど、今、改めて観てみると、なんというか身につまされる部分もある。……ヒロインが主人公を他の女の人とくっつけようとする辺りとか。

ちらりと隣を窺《うかが》ってみるけれど、水斗も東頭さんも、揃《そろ》って何を考えているかわからない無表情でぼーっと画面を眺めている。

つまらなそうにも見えかねないけど、この二人の場合、無表情の裏側で『めちゃくちゃおもしれえ!!!! やばい!!!!』くらいのテンションになってることがあるのよね。ほんと似た者同士……。

「んんんー……。あっ……」

水斗の膝の上で、東頭さんがもぞりと動きながら呟《つぶや》いた。

以前は私と暁月《あかつき》さんで選んだ余所行《よそゆ》きの服で来ることもあった東頭さんだけど、最近になると自分の家みたいな感覚になってきたのか、完全に部屋着で伊理戸家を訪問するようになった。今日も下はジーパンで上は半袖のパーカーだ。

クーラーの設定温度が高めになってるから、確かに上着を着ていると暑いかもしれない。ちょっと下げようかな、と私はリモコンを探したが、

——ジイイ、と。

その前に、東頭さんがパーカーのジッパーを下ろした。

「ふー」

東頭さんは人心地ついた声を零《こぼ》して、再び画面に集中する。

でも、私は映画どころじゃなかった。

そりゃあ涼しいだろう。涼しいでしょうよ。

——だって、パーカーの中、下着みたいなタンクトップなんだから。

前に暁月さんが着せて、こんなの着るのは痴女だと言っていた服とそう変わらない。ぴったりと肌に張りついて、豊満な胸の形をくっきり浮かび上がらせているし、真の巨乳の証《あかし》であるI型の谷間を惜しげなく晒《さら》してもいる。というか肩紐《かたひも》がちょっと横にズレてるせいでブラ紐が見えちゃってるし！

私は大いに動揺し、大いに凝視したけれど、すぐ近くにいる水斗は平然と映画の視聴を継続していた。それを邪魔するのも忍びなく、私は東頭さんの衝撃的素行に関し、注意をすることもできない。

何……？　何なの……？　これをおかしいと思うのは私だけなの……？　パーカーのジ

ッパーを一番下まで下ろさず、胸を出したところで止めているのは何かの狙いがあるの……？　それとも後でジッパーを合わせ直すのがめんどくさいだけなの……？

気が気でない私を置いて、映画は中盤に差し掛かり、ストーリーが一層に盛り上がっていく。

水斗の目がいよいよもって画面から離れなくなってきた頃に、二度目の衝撃が人知れず私を襲った。

「……んん……かゆい……」

そう呟いた東頭さんが身をよじり、背中に手を回したのだ。

自分の背中をかりかりと引《ひ》っ掻《か》いていて、ああ、背中が痒《かゆ》いのかな？　と思った私だったのだけれど、そこは東頭いさな、必ず予想の斜め上を行く。

もぞもぞもぞ、と。

半脱ぎのパーカー――いやさ、その下のタンクトップの中に、自分の手を入れ始めたのだ。

え？　何？　何をしてるの!?

混乱する私にもたらされた答えは、ひとつの小さな音だった。

――プチッ。

その音は、私も――いや、女子ならば誰しもが、日常的に聞いている音。

まさか。

いくら東頭さんでも、水斗がすぐそばにいるんだから、まさか、そんな——

願うような私の思考は、しかしあっさりと裏切られる。

ずぼっ、と。

東頭さんは、胸元のほうから、服に——否、ブラジャーの中に手を突っ込んだのだった。

背中側のホックを外すことでできた隙間に手を入れて、たぶん下乳のほうまで突っ込んで、掻いている。ぽりぽりと掻いている。

いや、わかるわよ？　蒸れるものね。わかるわかる。掻きたくなるときもあるわよね。

でも、やる？

男子がいる前で——というか人前で！　やる⁉　それ⁉　私だったらたとえ家族の前でも躊躇《ためら》うんだけど！　信じられない……！

「ふいー」

すっきりした顔になって、胸から手を抜き、何事もなかったかのようにブラのホックを掛け直す東頭さん。

すっきりしているところ申し訳ないけど、普通に説教案件だった。

あとで絶対に言う。暁月さんにも報告する。

暁月さんだって、きっと男子の前でブラジャーが見えちゃうようなだらしない姿でいることを良しとはしないに違いない。たとえどれだけ気を許した相手の前でも、例えば大きなTシャツ一枚だけみたいな格好でいる人ではないはずだ。私には味方がいる。異端は東頭さんのほうだ。キツく言ってもらうんだからね！

「……ちょっと飲み物取ってくる」

「ん」

「はいー」

私は軽く頭を押さえながら、ソファーから立ち上がった。

感覚の違いにくらくら来る……。どこまで気を許せばああなるのか。水斗も水斗で、どうして気にも留めようとしないのか。

彼氏彼女とか、もはやそういう次元ですらない。

同棲《どうせい》だ。

同棲三年目くらいのカップルだ。

例えばの話だけど、仮に水斗がおもむろに東頭さんの胸に手を突っ込んだとしても、『もー、くすぐったいですよー』くらいで済ませてしまいそうな雰囲気がある。今この瞬間にも、『そろそろ結婚するか』『しますかー』という会話が出てきてもおかしくない。距離感という言葉を使うことすら馬鹿馬鹿しかった。

なんで実際に同居している私より、東頭さんのほうが同棲感が出てるの？　なんで⁉

意味不明だった。何が一番意味不明かって、告白を断り断られた後のほうが仲良くなっているという事実だった。告白のせいで二人が友達じゃいられなくなるかもと危惧した当時の私と暁月さんが、今となっては冗談のように思えてくる。

伊理戸水斗と東頭いさなが一緒にいられなくなるなんて、そんな馬鹿な。

……つくづく、奇跡みたいな二人だった。こんなにも気の合う相手と巡り合う確率って、一体どのくらい？　高校に入って以来、友達という観点では私が圧勝していたはずなのに、今ではそれもみじめに感じられるほどだ。

……羨ましい。

本当に……羨ましい。

あ、いや、他意はないんだけど。

コップと麦茶を持ってテレビの前に戻ってくる。

画面に目を向けながらコップに麦茶を注ぎ、それに口を付けていると、

「僕にもくれ」

「え？」

画面からまったく目を離さないまま、水斗が言った。

「喉が渇いた」

「……さっき言ってくれればコップもう一つ持ってきたのに」

「忘れてた」

うわ……ハマってる。

中学の頃からの付き合いで、この男の好みはなんとなくわかっている。純文学にせよライトノベルにせよ推理小説にせよ映画にせよ、個人の作家性が強く滲《にじ》み出《で》ているような作品が好きなのだ。

なるほど、今まではアニメ映画を観る習慣がなかっただけで、その好みからすると新海《しんかい》誠《まこと》監督はストライクだったらしい。

水斗の膝の上を見ると、東頭さんが水斗の顔を見上げて嬉《うれ》しそうに口元を緩ませていた。

計画通りだったみたいだ。

「……………………」

——席が、もうなかったんだよ

——僕は狭量な人間でさ。本気で向き合えるのは、どうも一人が限度らしい

水斗はそう言って、東頭さんの告白を断った。

その席に今、誰が座っているのか……私は、私だけは、知っている。

でも、それは——

「……じゃあ、これ。飲みかけだけど」

「ん。ありがとう」

私が差し出したコップをノールックで手に取って、水斗はごくごくと喉を鳴らして飲み干す。線の細い見た目のくせに、こういうときはさすがにちょっと、男っぽい。

空になって返ってきたコップに新しく麦茶を注ぎ、改めて口を付けた。

「えっ？」

身体《からだ》の中に充満するもやもやを、冷たいお茶で押し流していく。

「えっと……あの……」

「ん？」「え？」

すると、東頭さんが当惑したように、私と水斗を見比べていた。

どうしたんだろう。東頭さんもお茶欲しいのかしら。

などと思っていた私の頭を、彼女はまったく別の角度からぶん殴ってきた。

「今の…………間接キス、ですけど…………」

「……は？」「……ええ？」

私と水斗は一瞬だけ目を見合わせ、それからコップに視線を向ける。

かんせつきす。

間接キス。

「……あー……」

納得した声を零して、水斗はテレビに目を向け直した。

その薄い反応を見て、東頭さんは『えっ、それだけ？』という目をする。

間接キス……。

そういえばあったわね、そんな概念。

私は麦茶を飲んだ。

「えっ、ええー……？　気にならないんですか……？　家族ってそういうものなんですか……？　あるいは高校生が……？」

歯ブラシやお箸を使ったわけじゃあるまいし、気にするほどのことじゃない。そんな純真さはとっくの昔に失われた。

……こういうところでは、この男もまだ、東頭さん側ではないのよね。

そう思った瞬間、少しだけ――ほんの少しだけ、身体の中のもやもやが、薄くなった気がした……。

スタッフロールが終わると、水斗はぐったりとソファーの背もたれに身を預けた。

結局、二時間ずっと膝枕をさせていた東頭さんが、窺《うかが》うような目を水斗に向ける。

「……どうでした？」

「面白かった」

「どこがですか？」

「最初に目を惹《ひ》いたのはやっぱり風景の描写なんだが中盤のギミックが明かされていく辺りでシナリオの全体構成が気になってきてなんというか細部を見ると監督のフェチみたいなものが前面に出てるんだけど全体を俯瞰《ふかん》するとハリウッド映画めいた機能美があるような気がしてその複合が得も言われぬ魅力を放っているように」

早口!!

東頭さんががばりと起き上がって、爛々《らんらん》と輝いた瞳で水斗に詰め寄った。

「フェチ!! わかります、それ!! まるで義務であるかのように毎回おっぱい揉《も》むの良くないですか⁉」

「いわゆるTSモノの定番ってやつだろ、あれ。僕の認識によればトランスセクシャルってニッチジャンルに該当するはずなんだが、この映画、なんで国民的映画みたいなツラしてるんだ？」

「国民的映画みたいな顔をしてフェチの塊を叩《たた》きつけてくるのが『君の名は。』以降の新海監督のいいところですよね。これは……そう、あれですよ。無垢《むく》な少女に無修正のポルノを突きつけるような――」

「イエローカード」

「うえっ⁉　い、今のは違いますよ、下ネタじゃありません！　『幽遊白書』読んだことないんですか⁉　お父さんとかが持ってませんでした⁉」

私も推理小説に関してはそこそこオタクなほうだとは思うけれど、この二人の会話はいろんなサブカル知識が混ざり合っていてちんぷんかんぷんだ。

……私も東頭さんみたいにオタクだったら、ずっと仲良くやれていたのかな。

知らず過《よ》ぎった思考を、すぐに打ち消す。意味のない仮定だし、それでこの男の性根が直るわけじゃないし、私が幻滅しなくなるわけでもない。

私は別に……東頭さんのようになりたいわけじゃないのだ。

もしそうなっていたら、きっと暁月さんや他の子たちと友達にはなれなかったのだから。

「はあ……。二時間もかじりつきで画面を見てたら疲れたな」

「体力なさすぎでしょ」

ぐったりと天井を仰いだ水斗に、私は呆《あき》れ口調で言う。読書は何時間だって続けられるくせに。

「おっ、それでは！」

東頭さんが急に姿勢を正して、自分の太腿《ふともも》をぽんぽんと叩いた。

「お返しにどうぞ！　今度はわたしが枕になります！」

「ん～……じゃあ……」

「いやいやストップストップ！」

言われるままに倒れ込もうとした水斗の肩を慌てて摑《つか》む。

「それはダメでしょ……！　なんていうか、ダメでしょ！」

「なんでだ……？」

「なんでですか？」

なんでって、ほら……東頭さんに膝枕なんてしてもらったら、アングル的に、おっぱいがすごいことに……。

東頭さんは怪しい笑みを浮かべて、疲れからかぼーっとした目をした水斗ににじり寄った。

「ＪＫの膝枕ですよ～。気持ちいいですよ～。今なら耳かきもつけちゃいますよ～。お兄さんだけの特別サービスですよ～」

「怪しい言い方をしない！　そんなのどこで覚えて――」

「……ひがしらのみみかきはちょっとこわい……」

「え？」「うぇ？」

ぼやっとした声がしたと思うと、水斗の身体がぐでっと横に倒れた。

東頭さんのほうではなく――私のほうに。

私の太腿の上で、水斗はもぞりと頭を置く位置を探し、……そのまま、すうと寝入ってしまった。

「…………………」

「…………………」

呆然《ぼうぜん》として、その寝顔を見つめる私と東頭さん。

夏休みに入って以降、この男は昼まで寝ていることが常で、そのせいか夕方頃になると眠そうにしていることが多いけれど……それにしたって、人の膝の上でよくもまあ、そんなに安心して……。

「……これって、わたしの耳かきが嫌で結女さんのほうに行ったたってことですか？」

「……たぶん」

「失礼しちゃいますね。わたし、そんなに不器用そうに見えますか？」

「正直」

「ショックです！」

東頭さんが編み物をしてる姿とか、まったく想像できないもの。

「……でも……」

東頭さんはそう呟《つぶや》いて、私の膝の前まで移動すると、しゃがんで水斗の寝顔を覗《のぞ》き込《こ》んだ。

「こんなに可愛《かわい》い寝顔を見せられたら、許しちゃいますね。うぇへへ〜♪」

にへら、と緩みきった笑顔を浮かべて、東頭さんはぷにりと水斗の頬《ほお》をつつく。

本当に好きなんだなあ、と思う。フラれても、彼女にはなれないとわかっていても、それでも彼女は水斗のことが好きで好きで仕方がない。

……まあ、水斗の東頭さんへの対応が飼い犬へのそれに見えるように、東頭さんの水斗への対応は飼い猫へのそれに見えなくもないけれど。

普段、表情に乏しい東頭さんは、寝入った水斗の目の前でにまにまと笑いながら、

「せっかくですし、本当に耳かきしちゃいますか？」

「え？　それはちょっと……。他人の耳に棒を突っ込んで引《ひ》っ掻《か》くなんて怖くない？」

「あ、わかります。わたし、お母さんにやってもらうのも怖かったですもん。他人の耳の穴で勝手に宝探しを始めないでほしいものです」

「あー……」

「それじゃあチューでもしますか」

「そうね――は？」

あまりにも自然に出てきたので、一瞬うなずいてしまった。

今なんて？

静かに寝息を立てる水斗の顔を、東頭さんはじっと見つめている。

「……東頭さん？　今、チューって言わなかった？」

「今ならバレないかな、と……」

「いや、そうだけど。その、何？　……ファーストキスがそんなのでいいの？」

「うーん……確かに、もうちょっといい感じのロケーションがいいかもです。水斗君が寝てたんじゃ舌も入れられませんしね……」

「どんなファーストキスしようとしてるの」

「そのまま流れで服脱がされたりとかもできませんし……」

性欲にまみれすぎでしょ。

「……よくそんなメンタルで、あの距離感でいられるわね……」

「割と頑張ってるんですよ？　水斗君に頭をわしゃーってやられるときとか、正直に申し上げまして、めちゃくちゃムラムラしますよね。頭を撫《な》でられて頬をポッとするヒロインの気持ちがわかりましたよ」

「そのヒロインは別にムラムラして頬を赤らめてるわけじゃないと思うんだけど」

少女漫画への風評被害だ。

「そもそもわたし、水斗君の身体《からだ》目当てで告白したみたいなところありますし……」

「そうだったの!?」

「だって、仲良しの上にエロいことまでできたら、それって最高じゃないですか？」

「…………ん、んんん――…………」

まあ、身も蓋もないことを言えば、そういうことだけど。

「全年齢版でも充分面白いけど、どうせなら18禁の原作をプレイしたいみたいな、そういう気持ちですよね」

「いや、よくわからないけど」

「ただの友達じゃあ、水斗君とできるはずのことを、ぜんぶ網羅することはできないんだろうなあ……っていう、そういう話です」

感情の読めない顔で、東頭さんは間近から水斗を見つめ続ける。

「エッチな水斗君も見たかったんですよねえ、わたしは」

傍《はた》から見れば無表情でしかないそれに、私は胸を締めつけられた。

そこにいるのは、有り得たかもしれないかつての私。

昔の私と東頭さんは違うと、そうわかっているのに、重ねることをやめられない。

二年前の夏休みの終わり――仮にあのとき、この男が私の告白を断っていたとしても、今と同じように、私との関係は継続してくれていたんだろうから。

そして、あるいはそのほうが、仲のいい時期は続いていたのかもしれないのだ――東頭さんのように。

「まあ、フレンドの前にカタカナを四文字つければ、友達のままでもエッチなところ見放題ですけどね」

「ちょっと。それを目指すのは絶対に応援しないからね」

「わかってますよう。セフレを作る水斗君は解釈違いです」

「さっきは言葉を濁したのに！」

……解釈違い。解釈違い、か。

オタクの人もいい言葉を作り出したものだな、と思う。

まさにそれこそ、多くの愛の告白とその成功を崩壊の序章にしてしまう、諸悪の根源だ。

「んんー……」

東頭さんは水斗の寝顔をじーっと見つめながら、もぞもぞともどかしげに腰を揺らした。

そして、すくっと立ち上がり、

「……ちょっと、おトイレお借りします」

「えっ……？」

人の家で何しようとしてるのこの子？

「えっ？」

東頭さんは私の反応を見て首を傾《かし》げ、「あっ」とほのかに顔を赤らめた。

「ち、違いますよ！　普通におしっこです！」

「あ……ああ、そう……」

猥談《わいだん》めいたことをしていたから、もしかしてと思ってしまった……。

「……というか」

ぬふ、と東頭さんは、ちょっと気色悪い笑みを浮かべた。

「結女さんはそういう知識ないって水斗君から聞いてましたけど……あるじゃないですか、ちゃんと」

「……それはまあ、高校生だし。保健体育の授業は受けてるし」

「ぬふふふふ。学年一位の美少女優等生のそういう話、超興奮しますね」

「キモい！」

シンプルに罵倒してやると、東頭さんは「ひえっ」と鳴き声を上げて、小走りに逃げていった。

知らないわけじゃない。苦手なだけだ。

それプラス、この男の前では猫を被《かぶ》っていただけだ。

……解釈違いが、怖かったから。

カチ、コチ、カチ、という時計の音と、すう、すう、という水斗の寝息だけが、リビングの中に満ちる。

太腿への重みを感じながら、私はその線の細い面差しを見下ろした。

長い睫毛《まつげ》がそっと伏せられ、その上に長めの前髪がわずかにかかっている。それをそっと指で除《よ》けると、指先にさらさらで柔らかな感触が残った。

薄めの唇が、穏やかに呼気を吐いている。

その唇の感触を、私は知っていた。

柔らかくて、でもたまに乾いていることもある。そういうときは私のリップクリームを貸してあげて、塗ってから仕切り直すこともあった。……あるいは、もちろんふざけてだけど、自分の唇で直接塗っちゃうとか。

最初はぎこちなかった。先端をほんの少し触れ合わせるのがやっとだった。鼻先がぶつかるから避《よ》けようと顔を傾けるんだけど、フェイントの掛け合いみたいになっちゃって、お互い笑っちゃってそういう空気じゃなくなったり。右に傾けることが暗黙の了解になってからも、鼻息が荒くなっちゃうのが恥ずかしくて長くはできなかったり……。

──三秒ごとに一回、少し離れて息継ぎをして。

──その間、目を見つめ合ってから、また触れ合わせて。

──どっちかが背中をぽんぽんってして、もう片方がぽんぽんって返したら、終わり。

世界で私しか──私と彼しか知らない、私たちだけのルール。

たぶん、東頭さんが恋人になって知りたかったもの。

彼もきっと、それを今でも覚えている。

「…………………」

背中を丸めると、顔の右側から髪が垂れた。

私は本を読むときと同じように、それを耳に引っかけた。

この前は誤魔化《ごまか》されたけど、眠っていてはどうしようもない。

私の意思ひとつで、あの気持ちが戻ってくる。

ふわふわと浮き立つような、ぐつぐつと煮え立つような、潤いと渇きが交互に来ては繰り返す、あの気持ちが。

最後にあの気持ちになったのはいつのことだろう。関係がぎくしゃくする、少し前。たぶん去年の六月辺り。一年と二ヶ月も眠っていた気持ちが、胸の奥から掘り出されて、身体の外に溢《あふ》れ出《だ》しそうになった。

――……エッチな水斗君も見たかったんですよねえ、わたしは
私だって見たかった。何度でも何度でも見たかった。

だけど、もうずいぶんと見ていない。私の顔しか見えていないあなたの瞳。誰にも渡さないって言うみたいに力強く抱き締める細い腕。二人の身体が一つに溶け合ったみたいな、あの感覚。

一度思い出したら、また見たくて仕方がなくて。

ダメだと思っていても、歯止めなんて利かなくて。

ああ――

——これは、ただの性欲だ。


冷えていく。

冷えていく。

胸の奥でぐつぐつと煮えていたものが、急速に。

わかった。

この前、どうしてあなたがキスを拒んだのか、わかった。

昔を思い出して、昔のように満たされたくて、昔と同じことをしたくなる——そんなタイミングは、この四ヶ月でいくらでもあった。

でも、……それは、ただの未練。

かつて満たされていたものが、今はない。その穴を埋めたいと思う、ただの欲望。

浅ましい。

情けない。

みっともない。

こんなただの欲望のために、東頭さんの一世一代の告白が失敗に終わっただなんて——

そんなの、認められるわけないじゃない。

解釈違いだ。

そんな私たちは――解釈違いだ。

私は深く息をすると、水斗を起こさないよう、ゆっくりとその頭を太腿《ふともも》から下ろして、立ち上がった。

東頭さんを止めておいて、私が変な気を起こしていてはダメだ。

ちょっと頭を冷やそう……。

私は足音を殺してリビングを出て、洗面所に向かった。

鏡を見ると、踏み固められた地面のような無表情がそこにあった。


「どうだった？　水斗くんと東頭さん！」

夜、お母さんが興味津々の顔で訊《き》いてきたので、私は偵察結果を素直に伝えた。

「すごく仲良しだった」

「うんうん！　それでそれで？」

「終わり」

「ええーっ！」

お母さんは不服そうだけど、それ以外に言いようがない。

「もっとほら、具体的に何かあるじゃない？　どういうことをしてたの？」

「……ええと。東頭さんが水斗くんに膝枕をしてもらってたり……」

「おおっ！」

「東頭さんが暑いって言って急に薄着になったり……」

「ひゃーっ！」

「かゆいって言って急にブラジャーの中を掻《か》いたり……」

「……んん？」

興奮顔が怪訝《けげん》なそれになる。尤《もっと》もな反応だ。

「忘れちゃいけないのが、それを全部、私が見てる前で普通にやってたってことね」

「……ううーん……⁉」

お母さんは困惑した顔で首を捻《ひね》り、

「同棲《どうせい》三年目のカップル……？」

さすがは親子だった。

「でもでも、何だかお似合いじゃない？　ほら、水斗くんも不思議な雰囲気の子だし、そのくらい自由な女の子のほうが、ね？」

「まあ、ものは言いようだけど」

二人はお似合いだ。

告白が失敗する前から、その点については意見が変わらない。

あの二人ほどうまくやっていける男女は、世界に存在しないとすら思う。

けど、だから付き合いますとはならないのが、人間の難しいところで。

「これは結女もうかうかしてられないわね！」

「えっ？」

唐突なお母さんの発言に、私は心臓を跳ねさせた。

え、え、なんで私が？　もしかして、お母さん――

「水斗くんに置いていかれないよう、結女も素敵な彼氏作らないとね！　そんなに可愛《かわい》くなったんだもの、すぐにできるでしょ！」

「あ……ああ、うん……」

そういう意味か……。

私が、彼氏。……水斗以外の？

「……別に競うものじゃないから、気長に待って」

「ええー？」

残念なことに――本当に本当に、残念なことに。

未《いま》だに、それこそが、最大の解釈違いなのだ。

元カップルは帰省する①　シベリアの舞姫

駅に降りたときは、大して田舎じゃないな、と思った。

大きな駅舎にお土産物屋さんがたくさん入っていたし、駅を出れば大きなショッピングモールらしきものが出迎えた。人通りも多いし、何なら都会と言ってもいいくらいだ。

水斗《みずと》が『ザ・田舎』と呼んでいたのは、まさか誇張表現だったのだろうか？

そんな疑問を抱いていたのは、バスに乗るまでのことだった。

プシュウッと音を立てて、ドアが閉まる。

バスの中には、私たち家族四人以外に、ただの一人として、乗客がいなかった。

真っ昼間だっていうのに、そんなことある？

車窓を眺めていると、あっという間に文明の気配が薄くなった。建物がめっきり消えてなくなり、見渡す限りの野原に電線の張られた鉄塔だけが無数に連なっている。

山間《やまあい》に入っていくと緑はさらに深くなり、もはや人類文明らしいものは、バスの他には何も走っていない無味乾燥な県道だけとなった。

「ありがとう！」

バス停に降りるとき、峰秋《みねあき》おじさんがそう言うと、バスの運転手の人が軽く帽子を持ち上げて会釈した。顔見知りらしい。

バスが走り去ると、大きな畑が目の前に広がった。

バス停には屋根がなく、代わりに折り重なった梢《こずえ》が影を落としている。風が吹くたびざわりと揺れて、眩《まばゆ》い陽射《ひざ》しが私の瞼《まぶた》を強く焼いた。

――ジゥーワジゥワジゥワジゥワ……。

バスのエンジン音が消えれば、後には蟬《せみ》が鳴くばかり。

まるで異世界だった。

慣れ親しんだ世界に、本当に帰ることができるのか、少しだけ不安になる。

「うわーっ！　見て見て、結女《ゆめ》！　バスが一日に三本しかない！」

お母さんがスカスカの時刻表を見て年甲斐《としがい》もなくはしゃぐ。

峰秋おじさんが微笑《ほほえ》ましげに笑い、

「朝、昼、夕とあるだけマシなほうさ。こんな田舎にバスを出すなんて、本来、これっぽっちも稼ぎにならないんだからね」

「お買い物とかはどうするの？」

「この辺りはお年寄りが多いからね。街のほうのお店が役場の指導を受けつつ、まとめて配達してるんだ。それに、今のお年寄りは通販くらい普通に使えるからね。それでも足りなければ、さっきの街まで車」

「はあー……」

「車が使えない若い子はバスがなくなる前に帰ってこなくてはならないんだから、可哀想《かわいそう》だよね。まあ、ほんの数日、羽を伸ばすのにはいいところだよ」

峰秋おじさんはついでのようにフォローして、「行こうか」と歩き出した。峰秋おじさんのお母さん——つまり、水斗の父方のお祖母《ばあ》さんの家は、ここからもう少し歩くらしい。

私は地面に置いたキャリーバッグを摑《つか》もうとしたけど、その前に、別の手がひょいっと横から伸びてきて、それを先に持っていってしまった。

「あっ、ちょっと……！」

義弟・伊理戸《いりど》水斗は、聞こえていないかのように私を無視して、私のキャリーバッグをごろごろごろと引っ張っていく。

もう、なんなのよ……！　人の荷物を勝手に！

私は追いかけて文句を言おうとしたけれど——喉まで出掛かった言葉が、すぐに引っ込んでしまった。

どうしてか？

私たちの行く先に、急勾配の坂があったからだ。

「…………………」

水斗は無言で、ごろごろごろとキャリーバッグを引っ張って坂を登っていく。

それは結構な重労働のはずだけど、そんな素振りも見せず、飄々《ひょうひょう》と。

……だから。

何か理由があるなら、先に説明しなさいよ！

「うわ……」

「おっ……おおーっ……」

坂を登り切った先に現れた門構えに、私もお母さんも圧倒された。

これが、水斗のお祖母さんの家。

いや、家というか……屋敷というのでは、これは？

横に五〇メートル以上伸びている白い塀や、立派な瓦屋根を呆然《ぼうぜん》と眺める。

「もしかして、峰秋さん家《ち》ってすごいお金持ち……？」

「いやいや、金持ちだったのは祖父《じい》さんまでだよ。祖父さんは子供に財産を継がせる気がさらさらなかったみたいでね——遺産をほとんど寄付してしまって、この家くらいしか遺《のこ》してくれなかったんだ」

「はえー……。もったいない……」

「母さんも伯父さんもさっさと家を出てしまったから、不満はなかったみたいだけどね」

そういえば水斗も、学費のために特待生になったんだったっけ。

ちらりと隣の義弟を窺《うかが》うと、うざったそうに天の太陽を睨《にら》んでいた。

「暑い……」

「そうだな。さっさと中に入ろう」

前庭を抜けて、峰秋おじさんが玄関のインターホンを押す。こんな昔ながらのお屋敷なのに、ピーンポーン、と電子音が鳴ったから、少しおかしくなった。

「はいはいはい……」

引き戸が内側からがらりと開かれて、エプロンを付けたお婆《ばあ》さんが現れる。

一瞬お手伝いさんかと思ったけど、水斗を見てパッと顔を輝かせた。

「おーおーおー！　水斗やないの！　大きゅうなって！」

水斗は軽く顎を下げて会釈する。

すると、お婆さんは「うはは」と大きな声で笑った。

「相変わらず無愛想やねえ！　そんなんで彼女できんのかいな！」

「母さん。結婚がどうこう言う田舎のババアにはなりたくないって言ってなかったたっけ？」

「おお。そやったそやった。危ない危ない」

とりあえず入って、と言われて、私たちは玄関に入る。

エプロンのお婆さんは框《かまち》に上がると、

「伊理戸夏目《なつめ》です」

そう名乗って、私とお母さん相手に折り目正しく頭を下げた。

「ご挨拶が遅れてえらいすいません。この馬鹿息子がいきなり再婚するやなんて言いよるから……」

「いきなりじゃないだろう。二週間前には伝えたんだから」

「それがいきなりやろうが！」

私はこっそりとうなずいた。水斗も隣で小さく同じようにした。

私たちの受験に気を遣ってギリギリまで黙っていたのはわかるけど、それにしたって、もうちょっとやりようはあったんじゃないかと思う。

……まあ、私たちが別れる前に再婚がわかっていたら、ますます最悪だっただろうけど。

「すみません、お義母《かあ》さん！　わたしたちもギリギリまで迷っていて……」

「ええんですよ、由仁《ゆに》さん。この子を再婚させる気ぃにさせたっちゅうだけで、あたしは大歓迎やったんやから。ホンマにありがとうございます」

「いえいえ、そんなそんな！」

深々と頭を下げる夏目さん——お義祖母《ばあ》さん？——に、恐縮してあわあわと手を振るお母さん。

お母さんが峰秋おじさんとどうやって出会って、どういう風に仲良くなったのか、そういえば聞いたことがないけど……案外、苦労したのだろうか。

「そんで、そっちが結女ちゃんやね」

こっちに目を向けられて、私は思わず背筋を正した。

「伊理戸結女です。お世話になります」

「これはこれは丁寧に。真面目そうな子ぉやねえ。水斗とは仲良くやってくれとる？」

「は、はい」

「僕らより仲がいいくらいだよ。ねえ、由仁さん」

「ほんとほんと！　水斗くんが優しくしてくれて！」

「水斗が！　ホンマに～」

夏目さんが柔らかく笑って、

「でも、いきなりこんな大きい孫娘ができるんいうんは、なんや不思議な気持ちやねえ。どっちかって言うたら、孫に嫁が来たみたいな気分やわ」

「え」

よ、嫁？

思わず固まっていると、お母さんが「うふふ」と意地悪く笑った。

「どうする？　水斗くんと結婚する？」

「し、しない。しないから……」

「冗談よ！　じょーだん！」

し、心臓に悪い……。

一応、水斗の様子も窺うと、何を考えているかわからない仏頂面があるだけだった。

狼狽《ろうばい》されるよりずっといいけど、なんか腹立つ。

「みんな疲れたやろ。上がって上がって。峰秋、お昼は？」

「途中で食べてきた」

「さよか。ほなら先に荷物やね。峰秋、案内したり」

「わかった。さあ、こっちだよ」

荷物を持って廊下に上がり、夏目さんと別れると、峰秋おじさんの先導に従って歩いていく。

一人で歩くと迷いそうなくらい広い家だ。と同時に古い家でもあり、足を踏み締めるたび床がミシミシと鳴る。

「お義母さんって、関西の方なの？」

「あの方言は父さんのが移ったんだよ。父さんは生粋の京都人だったからね」

お母さんたちがそんな話をする中、私は庭に面した縁側があるのを見てちょっと感動していた。伊理戸家にも庭はあるけど、あんなドラマでしか見ないような縁側っぽい縁側は初めて見た。

「僕たちはあっち。犬神家っぽい……。二人は隣」

「はーい」

「荷物を置いたら仏壇だよ」

「はいはーい」

私と水斗を気遣ってか、私とお母さん、水斗とおじさんとで部屋が分かれていた。

畳敷きの和室に入り、私がバッグから着替えを取り出していると、お母さんが「はあぁー」と大きな息をついた。

「お義母さん、優しい人でよかったぁ〜。厳しいお姑《しゅうとめ》さんだったらどうしようかと……」

「お母さんも会ったことなかったの？」

「電話ではお話ししたけど、それくらいね」

「そうなんだ」

「ほんとよかったぁ……」

お母さんはぐったりとする。案外、緊張していたらしい。それもそうか。結婚相手の家族に受け入れられるかどうかは死活問題だ。

この家にとって、私たちはいわば外来種。

私、割と脳天気な考えでついてきちゃったんだけど、大丈夫なのかな……？

「この家に、親戚の人がみんな集まるのよね？　どのくらい来るの？」

「んー？　主に種里《たねさと》の家の人が来るって言ってたかなぁ」

「種里？」

「お義母さんの旧姓。お義母さんにお兄さんがいて、そっちの息子さんとかお孫さんとかが何人か来るって聞いた」

お母さんのお義母さんのお兄さん——ってことは、私からすると、お祖母さんのお兄さん。なんて呼ぶんだっけ、それ？　で、その息子と、孫——孫か。私との関係は、確かはとこ？　同じくらいの歳《とし》の人なのかな……。

「由仁さーん。結女ちゃーん。仏壇行くよー」

「はーい！　行くよ、結女！」

障子戸を開けて、水斗とおじさんに合流する。

水斗は相変わらず、どこを見ているかわからないぼーっとした顔で、おじさんについていくだけだった。……こいつ、この家に入ってから一言も喋《しゃべ》っていないのでは？

またギシギシと鳴る廊下を歩いて、仏壇のある部屋へ。

お盆だから、お墓参りに行くこともあるだろう。でも、水斗のお母さんのお墓はここにはない。帰ったらそっちにも行くのかな。

「ここだよ」

そう言って峰秋おじさんが立ち止まり、障子戸に手を伸ばした。

けど、そのとき、障子戸のほうが勝手に開いた。

「あ」

障子戸の向こうから現れたのは、若い女の人だった。

赤いフレームの眼鏡をかけた、私より一〇センチくらい身長が高い女の人。たぶん大学生くらいだろうか。何だか書店員や司書でもやっていそうな雰囲気の人だ。

自分に近い匂いを感じ取って、思わず親近感を覚えた、まさにその直後。

「──水斗くんじゃゃ〜ん!! ひっさしぶりぃーっ!!」

弾《はじ》けるような声を上げて、水斗をぎゅーっと抱き締めたのだ。

……ん？ え!?

咄嗟《とっさ》のことに脳がついてこない。

第一印象で感じた書店員や司書のような空気感は、一瞬で消え去っていた。今の声のトーンは、むしろパリピのそれ……！ 暁月《あかつき》さんをさらに三倍くらいにしたような、目が潰れんばかりの陽キャオーラ！

何より、スキンシップがすごすぎる。

挨拶でハグする人、初めて見た。アメリカ人？ アメリカ人なの？

「おお、円香《まどか》ちゃんかい？　久しぶりだね」

「峰秋おじさんもお久しぶりですー！」

円香と呼ばれた女性は、水斗を胸に抱き締めたまま、気さくに峰秋おじさんに答えた。

……一体いつまで水斗に抱きついているつもりなの？　どうやら親戚のようだけど、この男は人に近付かれるのを特別嫌う性質なのよ。ましてやハグなんて、もし私がやったら、無言で振り払われた上で無視されるに決まってて――

「久しぶり。円香さん」

喋った⁉

抱き締められた格好のまま、ぶっきらぼうながらも確かに発された声に、私は愕然《がくぜん》と振り返った。

この家に入ってからというもの、呼吸音すら発さなかったのに！

「にひひ。安心した。今年も無愛想だねえ！　高校デビューでもしてたらどうしようかと思ってたんだよ～？」

「デビューするほどの場所じゃないよ、高校なんて」

「おっ、言うね～」

受け答えをしている⁉

というか今、さりげなく私をディスらなかった⁉

円香（？）さんが、水斗から身を離して、私とお母さんに視線を移した。

「ん」

「おじさん。もしかして……」

「ああ、紹介するよ。こちらが僕と再婚した由仁さんと、その娘の結女ちゃん。苗字《みょうじ》はどっちも伊理戸だよ」

「伊理戸由仁です～」

「ゆ、結女です」

「ほほ～……ふう－ん……」

赤縁眼鏡の奥から、どこか値踏みされるような視線が向けられてくる。特に、お母さんじゃなく私のほうに。な、なに……？

「で、こちらが」

峰秋おじさんが円香さんのほうに手を差し向け、

「僕の伯父さんのお孫さん――結女ちゃんから見るとはとこになるのかな？――の、種里円香ちゃんと、種里竹真くん」

え？

突然、二人目の名前が出てきたのでびっくりしていると、種里円香さんの背中の後ろから、小さな頭が恐る恐る現れた。

見た瞬間、女の子かと思ったけれど、『くん』と付けられていたということは、男の子なのだろう。

たぶん、小学校の高学年くらいかな——線の細い、水斗を小さくして可愛《かわい》らしくしたような男の子が、長い前髪の向こうで目を泳がせていた。

男の子——竹真《ちくま》くんは、私と目が合ったと思うと、ぴゅっとお姉さんの後ろに隠れてしまう。

この様子——あからさまに人見知りのそれ。

今度こそ間違いのない、本物の親近感が湧いた。

私も昔はこんな感じで、お母さんの後ろに隠れてたなあ。

「あっ、ごめんなさい。この子、人見知りで〜」

「いえいえー。結女もほんのちょっと前までこんな感じだったもの。ね？」

「……お母さん。そういうの勝手に話さないで」

「あ、ごめんごめん」

なんで親って子供の個人情報を軽々しく話しちゃうの？

私は円香さんの後ろに回り込むと、そこに隠れていた竹真くんの前にしゃがみ込んで、目線を合わせた。

「初めまして、竹真くん。伊理戸結女です。これからよろしくね」

なるだけ優しくそう言ってみたけど……竹真くんは、よく見ると整った可愛らしい顔を真っ赤にして、ぴゅーっと廊下の向こうへ走っていってしまった。

逃げられた……。

「うーん。なるほどなるほど……」

そんな私を、円香さんがまた、値踏みするような目で観察していた。

「あの、何か……？」

「いやいや……努力の跡が見えるな、と思って」

「え？」

「あ、ごめんね！　馬鹿にしてるわけじゃないの。ただ、水斗くんのきょうだいがギャルだったらどうしようかなって思ってたから。でも安心したー、結女ちゃんみたいな子で！　親戚としてよろしくね！」

円香さんに一方的に手を握られる。

ん……んんー？

褒められてる……のよね？

『親戚として』っていうのも、他意はないのよね？

牽制《けんせい》されてるわけじゃないわよね？

「というか結女ちゃん、わたしと服の好み似てない？　シンパシー感じちゃうなぁ」

「えっ」

　私は改めて、円香さんの格好を見た。

　全体的に淡い色合いで、ボトムスはふわふわロングスカート。トップスは大きめサイズのチュニックをふわりとたゆませてスカートにインしている。前に東頭《ひがしら》さんに買ってあげたようなコーディネートだった。

と考えて初めて気付いたけど……この人、スタイルがすごい。

背が高いから東頭さんより心持ちスラッとして見えるけど、胸の大きさは東頭さんと同じくらいあるのでは……？

至近距離にいると、大きめに開いた襟から谷間が覗《のぞ》けてしまいそうで、ちょっとドキドキした。

「確かに……言われてみると、ちょっと似てますね」

「だよね！　わたし、昔っからこういうの好きなの！　大学の友達には子供っぽいって言われるんだけど、やっぱりゆるゆるふわふわが女子の本懐って気がするんだよなぁ。結女ちゃんもそうでしょ？」

「そ……そうですね。可愛《かわい》いと思います」

私は隣にいる男の好みに合わせてたらこうなっただけなんですけど。

………………ん？

私は首を捻《ひね》る。

円香さんは『昔からこういうのが好き』と言った——つまり、だいぶ前からこの手の、露出少なめお嬢様風ファッションをしていたわけで。

親戚である水斗は、小さな頃からそれを見ていたはずのわけで。

——それと同じファッションを、私に求めてきたわけで。

ん？　んんんん？？？

水斗が清楚《せいそ》清楚したファッションを好んでいるのは、ライトノベルか何かの影響かと思っていたけど……。もしかして……本当の原因は……。

「気が合いそうで良かった！　いや〜、ウチの親戚、若い女子が全然いないから。仲良くしてね、結女ちゃん」

「……あ、はい。もちろん……」

そういえば、聞いたことがある。

大半の男子は、身近にいる年上のお姉さんに初恋をするものだと。

夕方になると、親戚のおじさんやおばさんが続々と集まってきて、宴会になった。

当然ながら主賓は、今年からの新顔である私とお母さんだ。

「水斗くんとはうまくやれとんのかい？　偏屈な子ぉで大変じゃろ！」

「いやいや、それがね、意外と仲良くやってるんですよ」

「ほんっと！　わたしたちも安心しまして！」

この流れ、すでに五回目くらい。

私はもはやウーロン茶片手に愛想笑いをするしかない。

「おおっ！　円香ちゃん、いい飲みっぷり！　種里の血ぃやねぇ！」

「今年二十歳になったばっかりやのに！」

「全然まだまだいけちゃいますよー！」

一〇人以上が酒盛りをする中、未成年は私と水斗、竹真くんのたった三人だった。

圧倒的アウェイ感。テンションに全然ついていけない。

飲み会ってこういうものなのかな。それとも親戚の集まりだから？　どっちも経験が少なくてわからない……。

「年頃の男女で同居やなんて、あたしもずいぶん心配したんやけどねえ」

「最近の若い子は草食系だって言うからね」

「峰くん、それもう古い！」

「あ、そうなの？」

「遠慮せんと食べてや、結女ちゃん。ほらほら、お寿司《すし》も残っとるから！」

かできなかった。

「は、はい……」

ぐっちゃぐっちゃになった宴《うたげ》の中、私は取り皿に勝手に増えていく料理を食べることし
やがて、

「──ずるいぃーっ!!」

叫び声が聞こえたかと思うと、突如として背中に柔らかいものが押し当てられた。

「わっ!? ……ま、円香さん?」

「結女ちゃんはずるいよおぉー!」

お酒くさっ!

背中からのしかかってきた円香さんは、身体《からだ》は熱いわ顔は赤いわで、完全にできあがっていた。

というか、背中にすごいボリュームのものが当たってるんですけど! ブラジャー越しでも質量がはっきりわかるんですけど! 潰れて形が変わってるんですけど! 女同士でもさすがにドキドキするんですけど!

「わたしはさぁー、水斗くんにさぁー、ぜぇんぜん口きいてもらえなかったのにさーあぁー。なぁんで結女ちゃんはすぐ仲良くなれるのぉー?」

「えっ、そうだったんですか?」

「そうだよぉ？　幼稚園の頃からお世話してあげてるのにさーあー！」

近くにいる水斗は、完全に知らんぷりでお芋の煮付けを食べていた。

口きいてもらえなかった……？　私には割と、最初から優しかったような……？

「水斗くんは、ウチのジイさんそっくりだ」

そう言ったのは、円香さんと竹真くんのお父さんだった。年の頃は峰秋おじさんと同じくらい——四〇代くらい。私から見ると何になるんだろう。

「無口なところも、妙に頑固なところも、それに本読みなところもなぁ。大物になりそうでワクワクするわ」

「ちょっとぉ！　実の娘にはワクワクしないわけぇ⁉」

「講義に遅刻しなくなってから抜かせ馬鹿野郎」

「野郎じゃないですぅー！」

私は首を傾《かし》げた。

「ウチのジイさん……って」

「わたしたちから見るとひいお祖父《じい》ちゃんのことねぇ。このお屋敷の前の持ち主。名前は……なんて言ったっけぇ？」

「候介《こうすけ》だよ。種里候介」

答えたのは、まだ酔っていない様子の峰秋おじさんだ。

「ずいぶんと波瀾万丈《はらんばんじょう》な人生を送った人でね――親としては、息子には平穏な道を歩んでほしいものなんだけど」

「いいじゃないか。これだけ元気に育っただけでも御の字だ……。峰秋くん、君はよく頑張った！　本当によく頑張った……！」

「ありがとうございます……」

峰秋おじさんはほのかに笑って、円香さんたちのお父さんから酌を受ける。

その隣でお母さんが、嬉《うれ》しそうに柔らかく笑っていた。

「……峰秋おじさんは、水斗くんが生まれた直後にシングルファザーになっちゃったからねぇ……」

私の背中に被《かぶ》さった円香さんが、どこか感慨深げに呟《つぶや》く。

「夏目お祖母《ばあ》ちゃんが手伝ったりはしてたみたいだけど……大変だったと思うよ……」

……水斗の産みの母親である伊理戸河奈《かな》さんは、元々身体が弱く、水斗を出産してすぐに亡くなってしまったのだという。

当時はたぶん、峰秋おじさんもまだ二〇代。……そんな若い頃に奥さんを亡くしながらも、男手一つで幼い水斗を守り、育て上げた。

そして、息子が義務教育を終えると同時に、お母さんと結婚したのだ……。

腑《ふ》に落ちた気がした。

再婚がこのタイミングだったこと。

ギリギリまで迷って、私たちにも隠していたこと。

私とお母さんが、思っていた以上に歓迎されていること。

峰秋おじさんの再婚は、人生の大きな試練を立派に乗り越えた、その証《あかし》なのだ……。

だとすれば、尚更《なおさら》に思う。

私は――私たちは。

今のこの家庭を、絶対に守り通さなければならないのだ、と。

「……父さん」

「ん」

気付くと、水斗が立ち上がって、峰秋おじさんに後ろから話しかけていた。

「食べ終わったから」

「ああ……。ありがとうな」

「それじゃ」

水斗はさっと宴席を離れ、部屋を出ていった。

どこに行くんだろう？

なんで『ありがとう』？

「結女ちゃんは逃がさないぞぉ！」

「ま、円香さ、……お、おもっ……！」

「彼氏いるの～⁉　いるよね～！　だって超可愛いもん！　いなかったらわたしがなる～！」

「円香はえらい酒飲みになってもうたなぁ」

「血は争えんな！　わはははは……‼」


「ふう～……」

お湯に肩まで浸《つ》かり、私はようやく人心地ついた。

青いタイルの天井に湯気が立ち上っていくのを何とはなしに眺める。

もちろん、私にも親戚はいて、会う機会だってたまにはあった。だけど、これほど大所帯の集まりは初めてだったし……何より、あの男と揃《そろ》ってそこに混じっているというのが、何とも不思議な気分だった。

……あいつの親戚一同と顔を合わせることになるなんて、付き合ってた頃は想像もしなかったな……。

ひいお祖父さんがお金持ちだったなんて聞いたこともなかったし、円香さんみたいな綺《き》麗《れい》なはとこがいるなんてこれっぽっちも知らなかった……。

まあ水斗自身は相変わらずのスタンドプレイだったけど。あの飲み会を一人で勝手に抜けるなんて、普通する？

私はお風呂から上がると、縁側のほうに行ってみた。

だって、お風呂上がりに縁側で夜風に当たるなんて、何だか風流じゃない？

遠くからは、まだ大人たちの宴会の音が漏れ聞こえてくる。私が抜けた後も、お母さんは残ってお酒を飲んでいるようだった。我が母ながら、その適応能力には恐れ入る……。

「あれ」

「あ……」

縁側には先客がいた。

竹真くんが庭に向かって腰掛けて、小さな手でゲーム機を持っていた。

ゲームかぁ。

そうよね。このくらいの歳《とし》の男の子ならゲームよね。誰かさんの影響で、本じゃないのが不思議に思えてしまったけど。

「竹真くん、一人？」

「……う、うん……」

お。初めて返事してくれた。目はゲーム機に向いたままだけど。

私は嬉しくなって、

「お姉さんは？」

「まだお酒飲んでる……」

「ええー……そうなんだ……」

二十歳になったばかりって言ってなかったっけ？　それであの酒豪の集まりについていけるとは……。

「お、お姉ちゃん、酔うと抱きついてくるから……」

おお。今度は自分から話を繋《つな》げてくれた。

「じゃあ逃げてきたんだ？」

「う、うん……」

「お風呂は？」

「も、もう入った……」

「そっか。それじゃああいつを呼んだほうがいいのかな……」

お風呂から上がったら、まだ入ってない人に声をかけてくれ、と夏目さんに言われていたのだ。あの男はどうせまだ入っていないだろう。

「…………………」

そんなことを考えていると、竹真くんがじーっと私を見上げているのに気付いた。

「どうしたの？」

「あ、いや、ううん、べつに……」

と言いながら、竹真くんはずりっとお尻を滑らせて、私から距離を取った。

警戒されてるのかな。

まあ仕方がない。いきなり知らない女が親戚だって言って出てきたら、私だって警戒する。

せめて共通の話題があれば多少は心を開いてくれそうだけど、どうやら読書の趣味はないようだし……。

「……ねえ。竹真くんから見て、あの男――じゃない、水斗くんってどんな感じ？」

そういうわけで、私は共通の知り合いを話題に出すことにした。他に選択肢がなかったんだから仕方がない。

竹真くんはおどおどと目を泳がせて、

「え？　えっと……」

「優しいとか、怖いとか」

「……うーん……その……」

散々言葉に迷った末、竹真くんはぽつりと言った。

「……よくわからない、です」

「そうなの？」

「あんまり、喋《しゃべ》ったこと、なくて……。いつも、ひいお祖父ちゃんの書斎にいる、から」

ひいお祖父ちゃんの書斎……。親戚の家ですら閉じ籠もっているのか、あの男。

竹真くんは何に不安になったのか、ちょっと焦った様子で、

「……で、でも……！」

「うん」

「……ちょっと、カッコいいな、……って……」

「カッコいい？」

竹真くんは少し恥ずかしそうにうなずく。

「堂々として……人の目を、全然気にしてないっていうか……ぼ、ぼくは、あんなふうに、できないから……」

「……そうね……」

その気持ちは、わかる。

中学時代の私は、まさにそれと同じ憧れを、あの男に抱いていたのだから。

でも……あの男も、実は不完全で。失敗することだってあって。

「……当たり前のことなんだけどね……」

「え？」

「あ、ごめんなさい。今のは独り言」

あはは、と私は誤魔化《ごまか》し笑いをした。

「ごめんね、ゲームの邪魔して」

「あ、いや……」

「それじゃあ──あ、あとひとつだけ」

図らずも杉下右京《すぎしたうきよう》みたいに、私は振り返る。

「書斎ってどこにあるの？」


初めて彼を見た日のことを覚えている。

同じクラスになったあの日──誰もが友達作りに勤《いそ》しむ中で、ただ、彼一人だけが、泰然と本の世界に没頭していた。

私は『綾井《あやい》』で、彼は『伊理戸』。

出席番号順で窓際の一番前の席だった私は、すぐ後ろに座って黙々と本を読み続けているその人を、どうしてか『寂しい人』だとは思わなかった。

ふと後ろを振り返るたびに、ほんの少しだけ勇気をもらった。

人は、こういう風に存在していてもいいのだと。

他者といたずらに関わらず、背景に溶け込むようにして、だけど自分だけの世界を追い求める——そういう生き方をしてもいいのだと。

あるいはそれは、自分より下を探して安心しようとする、浅ましい心理の表れだったのかもしれない——だけど、背中に感じるその存在が、私の中学生活を支えてくれていたことは、間違いのない事実だった。

そのときはまだ、その人がこんなにも重要な存在になるだなんて、思ってもみなかったけど——

竹真くんに教えてもらった書斎は、廊下の突き当たりにあった。

水斗の——今となっては私のひいお祖父《じい》さんでもある、種里候介さんの書斎。

水斗は昔から、この家に来るとこの部屋に閉じ籠もるのがお決まりなのだという。

そういえば本人も、『本を読んで過ごしてる』って言ってたっけ……。

扉は開いていた。

月明かりが射《さ》し込《こ》んで、書斎の中を柔らかく照らしていた。

両脇を巨大な本棚に囲まれた、本の穴蔵みたいな部屋だった。本棚に収まりきらなかったんだろう大量の本が、床に雑然と積まれていて、ただでさえ広くはないだろう部屋がますます狭くなっている。

灯《あか》りは天井の古い電球がひとつに、文机《ふづくえ》に立つデスクライトがひとつ、そして月明かりのみ。

洞窟めいた薄闇の中——

——彼は、まるで部屋に溶け込むようにして、文机の前に座っていた。

まるでこの部屋だけが、何十年も時を遡ったかのよう。

その中に溶け込んだ水斗もまた、戦後の時代からずっとそこにいたかのように錯覚する。

私は、声をかけることも、書斎に踏み入ることも躊躇《ためら》った。

だって——この空間は、完成している。

水斗一人だけで、世界が完全に完成している。

私という余計なものが入ったら、この完成された世界が壊れてしまいそうで——

——そう。

伊理戸水斗は、最初から一人で完成していた。

余人の入りこむ隙なんて、どこにもありはしなかった。

だとしたら。

だとしたら、どうして——

——あなたは、私なんかを彼女にしたの？

あの中学時代の思い出が、今となっては遠い夢のようだった。

彼が私だけに見せたあの優しさ、笑顔、照れた顔……全部、全部、何かの間違いだった
んじゃないかってくらい……。

今だから、思うのだ。

家族になって。同じ家に住んで。私よりずっと昔から水斗を知っている、親戚の人たちの話を聞いて。

だからこそ、わかる。

あの頃の彼は、途方もなく特別だったのだと。

彼の人生からすれば、数少ない例外、イレギュラーであったのだと。

そして……それは、私も同じこと。

あの頃の私もまた、途方もなく特別だった。

私たちは互いに、相手のことを特別にしていた。

……でも。

でも、だ。

あの頃の私では――彼のこの姿を、見ることはできなかったのだ。

私たちは特別ではなく、普通になった。

熱に浮かされていた時間が終わり、冷静に現実を生きるようになった。

だからこそ、私は――

ほんのひとつ、意識して呼吸をするだけで……書斎の敷居を、跨《また》ぐことができた。

古紙の甘い香りが、むわりと鼻腔《びこう》を刺す。

両脇に並ぶ無数の本から、圧迫感のようなものを覚えた。

これが歴史の重みというやつなのか……私が圧倒されていると、水斗が文机から顔を上げ、こっちを振り返った。

「……君か。……なんだ？」

いつもより幾分か低く聞こえる声に、私は努めて平静に、用件を思い出す。

「お風呂、……呼びに来たの」

「ああ……もう、そんな時間か……」

溜《た》め息《いき》をつくように呟《つぶや》いて、水斗は文机に置いていた本を閉じた。

ちょっと変な本だった。

ハードカバーのように見えるけれど、装画もなければろくにデザインも入ってない。タイトルが無骨に刻まれているだけ……。

専門書の類かとも思ったけど、その割には薄すぎるような気がする。たぶん百ページもないんじゃないだろうか。

「栞《しおり》、挟まなくていいの？」

「いい。どうせ全部覚えてる」

「え？」

「ここにしかない本だから、毎年来るたびに読み返してるんだ」

「そんなに珍しい本なの？」

確かに何十万円もする稀覯本《きこうぼん》がその辺に転がっていそうな雰囲気ではある。

急に怖くなって、足元に転がった本を注意深く避け始める私に、水斗は独り言のように言った。

「珍しいといえば、珍しいだろうな。……何せ、世界に一冊しかない」

「世界に一冊？」

「自費出版ってやつだよ。……いや、販売も頒布もしてないから、単なる製本か」

水斗は文机に置いたその本の表紙を軽く撫《な》でる。

足元の本を避けながら近付いて、それを覗《のぞ》き込《こ》むと、見慣れないタイトルが印字されていた。

「……『シベリアの舞姫』……？」

明朝体《みんちようたい》のタイトルがあるだけで、筆者の名前さえ記されていない。

『舞姫』といえば国語の教科書でお馴染《なじ》み、森鷗外《もりおうがい》だけど……『シベリアの』って……？

「何なの、その薄い本？」

「ひい祖父さんの自伝だよ」

「へー、自伝……――えっ？」

「ふっ……なかなかイタい趣味だろ？」

戸惑う私に、水斗は皮肉っぽく笑ってみせる。

そういえば、聞いたことがある。自伝を自費出版したがる中高年が結構いるって……。

「小さい頃……小1くらいだったかな。この部屋でたまたま見つけたんだ。作者名もなくて、なんとなく怪しい感じがするだろ。だからページを開いて——以来、毎年読み返してる」

「……そんなに面白かったの？」

「さあ。面白さで言ったら、東野圭吾《ひがしのけいご》とかのほうが面白いんじゃないか。振り仮名もないから、当時の僕にはちんぷんかんぷんだったしな。ただ……なぜか、最後まで読めた。生まれて初めて、自分の力だけで読み切った、物語だ……」

初めて読んだ、物語——

その存在の大きさならば、私も知っている。

私の場合、それは家の本棚に収まっていた。そう——まだ一緒に住んでいた、お父さんの本棚に。

子供が気紛《きまぐ》れに手に取った一冊は、有名作家の作ではあれ、世間的に傑作だとか代表作だとか言われているものではなかった。マニア以外にタイトルを告げても、きっと聞いたことないと言われるだけだろう。

手に取った理由は、タイトルだ。

小学生の子供にとって、そのタイトルは極めて刺激的なものだった。

アガサ・クリスティ『殺人は癖になる』。

後に知ったけど、『メソポタミヤの殺人』という題でも翻訳されている……。

同じ作家の『そして誰もいなくなった』や『アクロイド殺し』に比べれば、有名でもないし白眉の仕掛けがあるわけでもない。『殺人は癖になる』って訳題だって、言うほど内容と関係なかったし。

きっとクリスティのファンでもなければ知る人の少ない一作――その一作で、幼い私は密室殺人の妙と名探偵の魅力に取り憑《つ》かれたのである……。

で、あれば。

『殺人が癖になる』が今の私を作ったように、この『シベリアの舞姫』こそが、今の伊理戸水斗を形作ったのかもしれなかった。

私は溢《あふ》れかえった本の隙間に膝をついて、水斗の隣に行き、文机に置かれた『シベリアの舞姫』を覗き込んだ。

「舞姫……はわかるけど、シベリアって？　鉄道？」

「教科書かなんかで見たことないか」

「え？」

「シベリア抑留。……ひい祖父さんは戦争に行ってて、終戦後、三、四年くらいソ連の捕虜になってたんだ」

「……捕虜……」

口馴染みのない言葉に、すぐには実感が追いつかなかった。

そうか……。私たちのひいお祖父さんっていうと、戦争経験者の世代になるのか……。

「じゃあ、この自伝って、シベリアで捕虜になってた頃の……？」

「そうだな。主に書いてあるのは、食べ物が少なくて死にそうだったとか、めちゃくちゃ寒くて死にそうだったとか、強制労働がキツすぎて死にそうだったとか」

「死にそうな話ばっかりね」

「仲間が目の前で死んだとか」

「…………………」

私は口を噤《つぐ》む。

私は飢えたこともないし、命に関わるほど凍えたこともない——身体的につらくなったことなんて、せいぜい体育の持久走くらい。

教科書や授業で見聞きしたことはあっても……それはどこか、異世界の話のように聞こえた。

「…………じゃあ、舞姫って？」

「森鷗外だよ」

「エリス？」

「そう。シベリアで仲良くなった女の人のことを、森鷗外の『舞姫』になぞらえてる」

「何だか……意外と、ロマンチックな話ね。まあ本家『舞姫』と同じ結末だったら最悪だけど。……あ、それじゃああなた、もしかしてロシア人の血が入ってるの？」

「……その辺のことは、自分で読んで確かめろ」

「え」

虚を衝《つ》かれた私に、水斗は『シベリアの舞姫』を差し出してくる。

「本は自分で読んでこそだろ。そんなに気になるなら読んでみればいい。見ての通り、そんなに長くないし」

「え……で、でも……いいの？」

「何か悪いことがあるのか？」

私は恐る恐る『シベリアの舞姫』を手に取った。

本当に薄い。もしかすると、本文のページよりハードカバーの装丁のほうが分厚いかもしれない。

けれど、得体の知れない雰囲気があった。

執念のような……怨念のような……煮染《にし》めた感情が詰まっているような、重み。

「……これ……他に、読んだ人は？」

「さあ。いないんじゃないか。僕が見つけたときも、だいぶ奥に仕舞《しま》ってあったし。存在することくらいは知ってると思うけど」

峰秋おじさんも夏目さんも、もちろん円香さんも読んだことのない――水斗の、ルーツ。

書斎に入るとき以上の気後れが、私を襲った。

――私で、いいのかな……？

脳裏にチラついたのは、東頭さんの顔だ。

ここにいて、これを読むべきは、本当はあの子なんじゃないか……どうしても、自然と、そんな考えが過《よ》ぎる……。

「……じゃあ、僕は、風呂入ってくるから」

水斗は立ち上がり、廊下のほうへ向かった。

「読むも読まないも自由だけど……その本は、文机《ふづくえ》の上に置いておいてくれればいいから」

そう言って、ミシミシと床を鳴らしながら、水斗の気配が遠ざかっていった。

私は古紙の匂いが立ち込める本の穴蔵の中で、世界で一冊しかない本を手に、独り沈黙する。

ここにいるべき人は、他にいたかもしれない。

だけど、現実として――ここにいるのは、私だけ。

『シベリアの舞姫』。

そのタイトルを見下ろす。

その本を差し出してきた、水斗を思い返す。

今度は三回、呼吸が必要だった。

私は表紙を開いた。


『生涯に終わりの見える頃になると、過去を顧みる時間のほうが多くなってくる。恥の多い生涯ではなかったが、悔いの多い生涯ではあった。その中でもいっとう痛切に余の胸を締めつけるのは、遠きシベリアでの思い出だ。

我が妻への愛情は未《いま》だ薄れることがなく、また偽りでもない。しかし、彼《か》の地での彼女との時間もまた、我が胸の裡《うち》にて熾熱燈《しねっとう》のごとく輝いている。

嗚呼《ああ》、シベリア。我がウンテル、デン、リンデンよ。

余は記し遺《のこ》すことにした。彼の太田豊太郎《おおたとよたろう》のように。これは余の生涯最後の文学にして、懺悔《ざんげ》である。』

そんな書き出しで、『シベリアの舞姫』は始まった。

太田豊太郎とは、森鷗外『舞姫』の主人公のこと……。留学したドイツで一人の少女、エリスと出会い、愛し合うけれど、最終的には実家の名声や自分の人生を守るために彼女を裏切ってしまう、たぶん国語の教科書に出てくる中で一番女子に嫌われる登場人物。その豊太郎に自分を重ねるように、候介さんは自らの半生を記していた。潤沢な支援を受けてエリート街道を歩み、親の定めた婚約者とも良好な関係を築き。けれど、国から送られた赤紙に従って、兵士になるため故郷を去る――

本職と比べても遜色のない見事な筆致で、その生の軌跡が描き出されてゆく。

満州の戦線に送られた候介さんは、そこで終戦を迎えた。

本国の指令によりソ連軍に投降し、生き延びて故郷に帰れること、家族や婚約者と再会できることを仲間たちと喜んだ。

しかし――

『「トウキョウ、ダモイ」とソ連の兵士が叫んだ。

怪訝《けげん》な顔をする仲間たちに、余は喜び勇んで伝えたものだ。

「ダモイ」はロシア語で「帰国」という意味だ。日本に帰れるぞ、と。

故郷がある東へ向かうことを期待して、我らは貨車に乗り込んだ。しかし、走り始めてすぐに気が付いたのだ。

列車は西に向かっていた。』

故郷を夢見た日本の兵士たちが何ヶ月もかけて送られたのは、極寒の収容所。一日にわずかばかりの酸っぱい黒パンや塩水のようなスープだけを与えられ、過酷な肉体労働に駆り出される。

候介さんは幸運だった。ロシア語に心得があったがために通訳の役目を与えられ、肉体労働は免除された。食べ物もいくらかマシなものにありつけたという。

けれど、ソ連側の通達を日本兵たちに代弁する役目は逆恨みを買うこともあるし、厳しい監視社会であるソビエト連邦では、ロシア語を話せるというだけでスパイの疑いをかけられることもあった……。

いつしか、私の瞼《まぶた》には、寒く過酷なシベリアの収容所が鮮やかに描き出されていた。

まるで他人の人生を覗き込んでいるような感覚。

種里候介さんの記憶に、感情に、自分という存在が呑《の》み込《こ》まれていく。

『我が文学は遠き異郷でも潰《つい》えることはなかった。書物は没収されたが、その内容は頭の裡にある。それを諳《そら》んずれば、豊かなる物語と懐かしき言の葉に親しむことができた。

そうしていると、趣きを同じくする者が聞きに現れ、論を交わすこともあった。同郷の者はもちろん、異郷の人々にも文学を愛する心があった。

偉大なるドストエフスキーよ。汝《なんじ》は真に人類を繋《つな》いでいる。』

吹雪の中で焚き火《たび》に当たるように、過酷な生活の中にも輝きがあった。

その最たるものが、シベリアの舞姫。

エレーナという名の女性だった。

文学趣味を通じて意気投合したソ連の官吏の娘さんだったという。彼女の家庭教師となり、日本語を教えるようになった候介さんは、父親と同じく文学の徒だったエレーナさんと次第に心を通じ合わせるようになった……。

その姿に、私は思わず、自分と水斗を重ね合わせてしまった。

崩壊の序章。

別れることが決まっている出会い。

だって、最初のほうに書いてあった。

候介さんには、故郷に婚約者がいる――

『彼の「舞姫」の主人公、太田豊太郎を意志薄弱と難詰する声は、我が文学の同志たちにも数多くあった。

家が、国が、人が、辿《たど》らせた道を歩んできた豊太郎は、異郷でエリスに出会い、恋をし、初めてその道を外れた。しかし、彼の男には逆境を乗りこなす度胸はなく、友人に差し伸べられたる助けの手に縋《すが》るままに、愛したエリスの心を殺してしまう。

女性一人守れずして何が男かと、このような批判は枚挙に遑《いとま》がない。

されど、その生き方、心の在りように、余は強く共感を覚えていた。エレーナと言葉を交わすたび、笑顔を見つめるたび、いつも脳裡《のうり》には厳格な父の顔が浮かぶ。家を豊かにせよ。お国を強くせよ。余はその言に疑いを抱いたことさえなかった。

どれだけエレーナと心を通わせても、父の言葉に逆らってソ連に残る自分が想像できなかった。もしその時が来れば、余は豊太郎のように愛する者を狂わせてしまうのだろうか。恐ろしくてたまらなかった。』

それから時は進み、候介さんは『民主運動』と呼ばれる収容所内の思想活動と戦うことになる。民主運動とは名ばかりで、実際には捕虜に共産主義思想を植え付けるソ連の洗脳工作だったらしく、古い友人がこれに反発したことから、候介さんもそれを支えなくてはならなかった。

候介さんの仲間は過酷な労働に加え、収容所内で嫌がらせを受けた。疲労と飢え、極寒、そして精神的な憔悴《しょうすい》が合わさり――

『余は友を助けられなかった。友は何度も余を助けてくれた。なのに。友は最期まで余を詰《なじ》らなかった。友の瞳には遠くにありし故郷が映っていた。』

この辺りの文章は乱れていた。まるで千々に乱れる候介さんの胸中が、そのまま描かれたかのように。

シベリアでの捕虜生活が三年も経《た》った頃、ついに日本に送還される目処《めど》が立った。

エレーナさん親子との仲を深めていた候介さんは、ソ連に留まることを勧められる。職も用意するから、エレーナさんと結婚しないか、と。

候介さんの選択は、かつて彼自身が想像した通りのものになった。

彼には一時の恋のために故郷を捨てる度胸はなかった。家を、国を、婚約者を、忘れることができなかった。

それを伝えると、エレーナさんは柔らかに微笑《ほほえ》んで、こう言ったそうだ。

『「どうか、幸せになってください」

余が教えた日本語で、彼女は告げた。』

エレーナさんに背を向けながら、候介さんは当時の胸中をこう綴《つづ》っている。

『意志薄弱と笑ってくれてもいい。日本男児に相応《ふさわ》しからぬと詰りたくば詰れ。それでも、あの時の正直な想《おも》いをここに記そう。』


『僕は、あなたに引き留めてほしかったのです。』


……それが、最後の文章だった。

私はしばらく、最後のページを開いたまま、その文章を見つめていた。

——ぽたり。

と、古びた紙に、雫《しずく》が落ちる。

「……あ……」

私は慌てて目元を擦《こす》る。

いつぶりだろう……本を読んで泣くなんて……。

実話だからなのか。それとも、水斗の──私のひいお祖父《じい》さんの話だからなのか……。

こんなに古い本、濡《ぬ》らして大丈夫だったかな。とにかく拭いておこうと開いたページを見下ろしたとき、気が付いた。

もうひとつ、涙の染みがあることに。

……この本は製本されている。だから、種里候介さんが記した原稿は別にあるはず。

だからこの涙は、この本の読者が──私以外にたった一人しかいない読者が、落としたもの……。

瞬間、私は幻視した。

暗く埃《ほこり》っぽい、この書斎で……一人の幼い少年が、この本を開いて泣いている姿を。

あの男が本を読んで泣いているところなんて、一度も見たことがない。

それでも……それは、確かに、かつてあった光景。

天井の白熱電灯──熾熱燈──が徒《いたずら》に晴れがましく照らす書斎に、大人たちの酒盛りの声が、遠く響いてくる。

世界から、この書斎だけが隔絶されているかのよう。

世界から、自分一人だけが切り離されているかのよう。

ああ──

――彼は、ずっとこの世界で生きてきた。


「……まだここにいたのか」

戸のところから、月明かりが長い影を書斎の中に伸ばしていた。

「障子くらい閉めろよ。夏とはいえ冷えるだろ」

水斗は呆《あき》れたように言って、雑然とした書斎に慣れた足取りで入ってくる。

文机《ふづくえ》の上で開きっぱなしになっている『シベリアの舞姫』を見ると、ぴくりと眉を上げた。

「その本……まさか、本当に全部読んだのか？」

私は、ゆっくりと首を縦に振る。

「……そうか……」

すると、水斗は息をつくようにそう言って、口を噤《つぐ》んだ。

古びた本の匂いが立ち込める部屋に、沈黙が漂う。

何も、耳に入らなかった。

かつてこの部屋にいた少年と、いま目の前にいる男のことで頭がいっぱいで。

だから私は……今まで訊《き》こうとも思わなかったことを、訊くことにしたのだ。

「ねえ……小説って、書いたことある？」

唐突な質問に当惑する水斗に、私は続けて言う。

「は？」

「私は、ある。……小学生の頃にね、アガサ・クリスティのパクリみたいな推理小説。文章なんてまともに読めたものじゃなくて、物語も、トリックも、全部どこかからの借り物で――でも、あの小説には、私の好きなものが詰まってた。『私』が詰まってた」

だから、今もまだ取ってある。

引っ越しのときにも持ってきた。

恥ずかしくて誰にも見せられないし、自分で読み返したくもないけれど……それでも、捨てる気にはならなかった。

「ねえ、水斗」

瞬間、彼は軽く目を見開く。

「私……あなたの書いた小説も、読んでみたい」

水斗は口を半開きにして、不規則に息を吐きながら、

「今……名前……呼び捨て……」

「きょうだいなんだから、普通でしょ？」

からかうように、私は笑う。

今までは心の中でしか呼んでこなかった。

お母さんたちの前で呼び合うときも、あくまで『くん』付けだった。

でも、今は『水斗』って呼びたい。

何度でも呼びたい。

あなたが、私の前から消えないように。

私が、あなたの前から消えないように。

あなたが私を、私があなたを——引き留めるために。

「読ませてよ、水斗。私のも読ませてあげるから」

水斗は何かを誤魔化《ごまか》すように視線を逸《そ》らし、

「……機会があったらな」

「いくらでも待ってあげる」

だって私たちは、きっと死ぬまで、きょうだいなんだから。

元カップルは帰省する②

黄昏の終わり

「み……」

レジャーシートの端を手に持ちながら、私は声を詰まらせていた。

正面にあるのは伊理戸水斗《いりどみずと》の姿。反対側のシートの端を持ちながら、私の指示を待っている。

小石だらけの河原に即席の休憩所を作るためだ。

みず――義弟は怪訝《けげん》そうに眉根を寄せて、

「どうした？」

「いえ……その……水斗――くん。この辺に敷きましょうか」

「……？　ああ、そうだな」

レジャーシートを小石だらけの地面に敷いて、隅に手頃な石を載せて固定する。

よ……呼べない……。

昨夜はあんなに簡単だったのに。時間を置いたら、呼び捨てができなくなってる！

どうしてなのか。昨夜はちょっとテンションが上がっただけだったのか。こいつの過去に触れて、家族として距離が詰まった気がしたのに。

というか、なんであなたのほうは、私を名前で呼んでくれないのよ！

理不尽な怒りに震えていると、水音がせせらぐ方向から声が聞こえる。

「入りなよ竹真《ちくま》。流れ遅いし、怖くないよ」

「う、うん……」

「川底の石には気を付けてねー」

「わかってる……」

円香《まどか》さんと竹真くんがちゃぷちゃぷと水に足をつけて、川の流れの速さを確認していた。

私たちは、種里《たねさと》家の近くにある川に来ている。

川がせせらぐ音と吹き渡る風、ざあっと静かな葉擦れの音が心地いい。陽射《ひざ》しは強いけど水辺だからか、さほど熱くも感じない。快適な避暑地だ。

種里家に親戚が集まったときは、この川でバーベキューをするのがお決まりらしい。とんだ陽キャ家族だけど、こんなところがすぐ近くにあればバーベキューのひとつもしたくなるというものだ。

私たちは大人たちに先んじて川遊びに来ていた。ついでに、油断すると終日あの書斎から出ようとしない水斗を外に引っ張り出すように、峰秋《みねあき》おじさんに頼まれていた。連れ出すときは大丈夫だったのだ。ここまでの道中も平気だった。でも、その中で気が付いたのである。昨夜、決めたばかりの呼び方を、使えないでいることに。

「よし」

水斗は広げたレジャーシートに荷物（タオルや救急箱が入っている）を置くと、いそいそとサンダルを脱いで、その隣に胡座《あぐら》をかいた。

そして、荷物の中から文庫本を取り出し、短パン型の水着の上で開く。

「……あなたは、どこにいても変わらないわね」

「お褒めいただき恐悦至極」

このマイペースさ、羨ましいわ。人の気も知らないで。

……私も本持ってくればよかったかな？

「結女《ゆめ》ちゃん。日焼け止めと虫除《むしょ》けした？」

竹真くんを見ていた円香さんが戻ってきた。

「あ、今からです」

「おっけー。ちゃんとやっときなよ、綺麗《きれい》な肌なんだから。わたしも今からやろっと」

円香さんはサンダルを履いたままレジャーシートに膝をつき、荷物の中から日焼け止めクリームを取り出す。

シートの端に座り込むと、パーカー型ラッシュガードのジッパーをジャッと下ろした。

現れたのは、大人っぽい黒のビキニだ。

余計な装飾も模様もないシンプルな布で、大きく前に張り出した胸を覆っている。その下の腰もきゅっと引き締まっていて、胸と腰とお尻とで見事な砂時計を形成していた。

円香さんは顔立ちが大人しめだから、妖艶な黒ビキニが余計に際立っている。

にゅるっと手に出したクリームを腕に塗りながら、円香さんは私を見上げて「にひっ」と笑った。

「どうよ？　スタイルには自信アリ」

「はい……。すごく綺麗です」

「ありゃ、それだけ？　男にせよ女にせよ、わたしの胸見ると大抵もっと盛り上がるんだけどな」

「あー……実は、友達にもっと大きい子がいまして……」

「え⁉　マジ⁉　G以上ってこと⁉　まさかH⁉　紹介して、その子！　揉《も》みたい‼」

「ダメです。同性でもセクハラです」

「ええー！　ケチー！」

本気で唇を尖《とが》らせる円香さんに、私は笑う。暁月《あかつき》さんもそうだけど、どうしてそんなに大きい胸を触りたいのか。円香さんだって大きいのに――というか、『G以上』ってことは、円香さん、Fカップなんだ……。そりゃあ黒ビキニも着ようというものだ。

すぐ横にいる水斗をちらりと見る。

相変わらず本に目を落としている——ように見えた。

……見てた？　見てなかった？

円香さんの水着にはハナから興味がないのか、それともすぐに目を逸らしたのか……。

私は昨夜、ＬＩＮＥでの暁月さんとの会話を思い出した。

話の流れでチャンスがあって、こんな質問をしてみたのだ。

〈川波《かわなみ》くんの初恋の人って誰だったか知ってる？〉

一般的な男子というものが、果たしてどんな相手で初恋をするものなのか、一般論として知ってみたかったのだ。一般論として。

暁月さんはすかさず答えた。

〈あたし〉

〈あー、はいはい〉

〈ちょっと待って。ボケだから！　おノロケご馳走様《ちそうさま》ですみたいな感じやめて！〉

〈で、誰だったの？〉

〈保育園の先生だったらしいよ〉

〈ちなみに、暁月さんの初恋は？〉

〈ノーコメント〉

川波くんだったんだな……。

暁月さん、これで本当に隠せてるつもりでいるんだから、案外抜けている――川波くん関連でだけポンコツになるのかもしれないけど。不思議な生態だなあ。

とにかく、やっぱり年上の女の人だったらしい。

いやまあ、子供にとっては大半の人間が年上なんだから、確率的にね、そのほうが多いのは当たり前なんだけど。でも水斗の場合、女の人なんて周りには親戚の円香さんくらいしか……。お母さんさえいなかったわけだし……。

うー、モヤモヤする。

だって、初恋だったのが私だけなんて、何だか負けたような気持ちになるじゃない。

まあべつに？　水斗が初めて好きになったのが誰だろうと？　私にはまっっっっったく関係ないんだけど！

「はい、結女ちゃん。日焼け止め」

「あ、はい」

プシュー！　と虫除けスプレーを脚に吹きつけながら、円香さんが日焼け止めクリームを手渡してくる。

私はそれを受け取ると、いったんサンダルを脱いでレジャーシートに入った。

身の置き所を探す。

さして大きくないレジャーシートの中に、すでに水斗と円香さん、二人もの人間が座っているのだ。選べるほどのスペースはなく――

――というわけで、仕方なく、私は水斗の隣に座った。

私も円香さんと同じく、水着の上にラッシュガードを羽織っている。

このままでは脚にしかクリームを塗れないわけで、なので至極自然に、私はラッシュガードのジッパーを下ろした。

中に着ていたのはもちろん、この前、水斗と買いに行った、白地に花柄の水着。

トップスはビキニだけど、ボトムスはスカート。これが私にできる露出の限界だった。

何気なしにクリームを手に出しながら、隣の水斗の様子を窺《うかが》う。

やはりというか、視線は手元の本に注がれていた。

……平然としてるけど、水着を買ったときは興味ありげにしてた気がするし。こいつ、視線を察知する能力が高いからなあ。すぐに目を逸らしたのかもしれない。

あるいは、買うときに見たからもう興味ないとか……？

あーもーっ！　わかんない!!

「うおっわは」

円香さんが変な歓声を零《こぼ》した。

「結女ちゃん、ほっっそ……。どうなってるの、そのウエスト？　本当に内臓入ってる？」

「は、入ってます……。筋肉がないだけです」

「いやいや、超羨ましいよ～。わたしも細いって言われるほうだけどさ。それだけ細いとおっぱいも大きく見えるね」

私がさっと腕で胸を隠すと、円香さんは「揉まない揉まない」と笑った。

「水着も可愛《かわい》いよね。自分で選んだの？」

「えーと、まあ一応……」

「まあ一応？　……ふうーん？」

円香さんは意味ありげに口角を上げると、ずいっと私の耳に口を寄せた。

「(彼氏？)」

「(いえっ……そういうのじゃ……)」

「(ふっう～ん。まだ、そういうのじゃないんだ～？)」

「(いや、まだ、というか……)」

もう、というか。

反射的に、ちらりと隣の水斗を一瞥《いちべつ》する。

円香さんが目を丸くして、慌てて口を押さえる。その視線は水斗に向いていた。

「えっ？」

あっ……！　まずっ！

「(えっえっえっ、ほんと？　そういうやつ⁉)」

「(いっ、いやいやいやっ！　違いますっ違いますっ！)」

「(焦り方が怪しいなぁ〜)」

「(ホントに違いますからっ……！　勘弁してください……！)」

「(そういうことにしておこっか〜)」

目を輝かせながら、にやにやと下世話な笑みを浮かべる円香さん。

だ、大丈夫かな……。さすがにお母さんたちに話したりしないと思うけど……。

「(あれ？　でも昨日、水斗くんには仲のいい女の子がいるって由仁《ゆに》さんに聞いたけど……。あれっ？　もしかして、水斗くん、モテる……？)」

この様子を見るに、どうやら円香さんのほうは、水斗のことは何とも思っていないそうだ。

まあ思っていたからと言って何だという話だけど。

……というかお母さん、私たちの個人情報漏らしすぎじゃない？

「結女ちゃんは今年、もう海行ったの？」

入念に日焼け止めを塗っていると、円香さんは不意に話題を転換した。

「いえ……友達と話には出たんですけど」

「え〜？　なんで行かなかったの〜？」

「……その友達が、海はナンパされるからダメだって」

「おお〜、いいお友達だね。ナイスガード。せっかく遊びに行っても、めんどくさいのに絡まれるとテンション下がるもんね～」

当たり前みたいに言う円香さん。見た目だけなら本屋の店員や図書館の司書でもやっていそうな大人しい雰囲気なのに、ナンパされたことあるんだ……。

いやまあ、このスタイルで黒ビキニなんか着てたら当たり前か。

「じゃあ、その水着も川遊び用かぁ。もったいないなぁ」

「でも、人がたくさんいるところで水着になるのって、恥ずかしくないですか……？」

「わからんでもないけど、わたしは特に。むしろせっかく可愛いの選んで買ったんだから見せびらかしたいじゃん？」

「……わからないでもないですけど」

「結女ちゃんもそんなにスタイル良くて可愛いんだからさぁ、せめて友達には見せびらかしなよ！　写真撮って、写真！」

「え、ええ～……？」

確かに水着、水斗にしか見せてないけど。でも、わざわざ写真を撮ってまで……。

戸惑っていると、円香さんは勝手に私の荷物をごそごそ漁《あさ》り、「これだ」と私のスマホを取り出した。な、なんて強引な……。

「はい、じゃあこれ。自撮りで――いや、ちょっと待てよ……」

強く拒否することもできないでいるうちに、円香さんは悪戯《いたずら》っ子《こ》のように笑い、

「みーずーとくんっ。お取り込み中すみませーん！　写真いいですかー？」

私のスマホを、読書中の水斗に差し出した。

「……えっ⁉」

反応が一瞬遅れた。

しゃ、写真いいですか？　何が⁉　なんで⁉

水斗は緩慢に顔を上げ、差し出された私のスマホと、ニコニコした円香さんの顔を見た。

いや、大丈夫。あの水斗が読書を中断してまでこんなことに付き合うはずが――

「……わかったよ」

あれ⁉

水斗は本を閉じ、円香さんから私のスマホを受け取る。

私が話しかけてもろくな返事しないくせに……！　なんで円香さんだけ……！

「ありがと！　あ、でもパスワード――」

そうだ。私のスマホにはパスワードがかかっている。それを教えさえしなければ――

「……ふん」

水斗は軽く鼻を鳴らすと、たちたちちたちたちたち、と迷いなく四桁の数字を入力した。

画面が明るくなる。

「なっ、なんで私のパスワード知ってるのよ⁉」

「さあな。なんでだろうな。君が単純だからじゃないか」

確かにこの男も知っている数字ではあるけど、まさか真っ先にそれを入れるなんて……。

「……んひひ。良きかな良きかな。じゃあ二人とも、立って〜」

円香さんは怪しくにやにや笑いながら、私たちを立ち上がらせた。

私と向かい合った水斗が、顔の前にスマホを構える。

「そうそう。結女ちゃんはカメラ目線で。ポーズは……無難にピースでもいいけど、ここは後ろに手を組んでみて！」

あれ？　なんでポーズまで指定されてるの？

疑問を口にする間もなく、私は唯々諾々《いいだくだく》とスマホのレンズを見上げ、背中で手を組む。

……水斗の目が、スマホの画面に向いている。

レンズを通じて、水着姿の私をじっと見ている。

黒々とした無機質なレンズから、生々しい視線を感じる気がして、全身がむずむずした。

な、なんかこれ、恥ずかしいんだけど……。

「……いつかとは反対だな」

水斗がぼそりと呟《つぶや》いた。

いつか？　この状況の反対って言うと、私が水斗を撮って——

あ。水族館デートの日の。

私のスマホに未《いま》だ保存されている、私および川波くんプロデュースの家庭教師風イケメン眼鏡画像を思い出す。

わ、私、今、あれと同じ……？

「おっ、いいねその表情！　シャッターチャンス！」

カシャッ！　とシャッター音が鳴り、私は肩を跳ねさせた。

いっ、今⁉　完全に気が抜けてたのに！

水斗はスマホを下ろすと、しばらくその画面を眺める。

「どう？　どう？　見せて見せて！」

円香さんにせがまれて、水斗はスマホの画面を見せる。

「おおっ、これはこれは……」

私も画面を覗《のぞ》き込《こ》むと、そこには後ろに手を組み、身体《からだ》を前に傾けて、ほのかに頬《ほお》を赤らめながらこちらを見上げている、水着姿の女の子がいた。

…………これ、なんか……。

円香さんが「にっひっひ」と怪しく笑い、言った。

「立派な『匂わせ写真』の完成だね、結女ちゃん！」

あ。あああ～！

この画角、表情、ポーズ、ものすごい『彼氏に撮ってもらった』感……！

「いや、ダメじゃないですか！　なんで匂わせる必要があるんですか⁉」

「なんか楽しいじゃん？」

「楽しいじゃん⁉」

理屈が存在しない！　これだから陽キャは！

「いいじゃんいいじゃん。あとで『お兄ちゃんに撮ってもらいました〜☆』って言ってネタばらしすればさ。お友達も誰だ誰だって騒げて、結女ちゃんも優越感に浸れてＷＩＮ－ＷＩＮってやつ。……あれ？　どっちが上なんだっけ？」

「私が姉です」

「僕が兄だ」

すかさず私と水斗が言うと、円香さんはけらけらと笑った。

どうしよう、この写真……。別に優越感に浸りたいとは思わないんだけど。

「難しく考えなくても、インスタに上げるようなもんでしょ？　思い出を友達と共有するのも大事なことだぞ～？」

そう言って、円香さんは私のスマホを返してくれる。

思い出を友達と共有、か。

そう言われると、間違ってないような気もしてくる。

でも、さすがにクラスの子とのグループチャットに放り込むのはちょっとな……。変な噂《うわさ》が立ってもめんどくさいし。上げるとしたら、もっと外には漏れにくそうな……。

考えた結果、私は暁月さんと東頭《ひがしら》さんとのグループに写真を上げることにした。

〈Ｙｕｍｅ：童心に返って川遊び中〉

一分も経《た》たないうちに既読が付いた。

しばらく反応を待つと、

〈あかつき☆：奇遇だね～！　あたしも今プール～！〉

え。プール？　みんなで？　もしかして私、ハブられてる……？

と危惧したのも束《つか》の間《ま》、暁月さんも写真を送ってきた。

黄色い水着姿の暁月さんだった。

トップスにフリルが付いた、可愛らしい水着だ。……でもあのフリル、たぶん胸の大きさを誤魔化《ごまか》すためのやつだな……。

左手にアイスを持ち、右手でピースをしている。めちゃくちゃ夏を満喫している姿だ。

私をナンパされたくなかったからって、私抜きで遊びに行ったのかな――と若干しょげていると、はたと気が付く。

カメラの位置が、すごく高い。

暁月さんの背丈からして、見下ろす構図になるのは不自然じゃない。だけど、それにしても、だいぶ高くない？　撮影している人と暁月さんの身長差が、どうも三〇センチくらいはあるような気がする。
さらに極めつけが、背景に映り込んだプールサイド——に落ちた、黒い影だ。
毛先をあえてハネさせたあの髪型を、私は知っている。
これは——マジのやつだ。
私がすかさずスクリーンショットを撮った、その直後だった。
〈あかつき☆がメッセージの送信を取り消しました〉
〈あかつき☆：ごめん、今のなし〉
今更気付いても遅い。
〈Yume：悪いけどスクショ撮りました〉
〈あかつき☆：え〉
〈Yume：大丈夫。クラスのみんなには言わないから〉
〈あかつき☆：いや、ちょっと待って〉
〈Yume：水を差してごめんね。気にせずプールを楽しんで！〉
〈あかつき☆：ほんとまって。ちがうから〉
何が違うのかな～？
男子と二人でプールなんて行ってたら、それはデートっていうんじゃないのかな～？
「……何をニヤニヤしてるんだ、気持ち悪い」

「ふふふっ。ちょっと見てよ、これ」

共通の知り合いの進み具合を共有したくて、私は水斗の隣に肩を寄せ、スマホの画面を見せた。映したのはスクショ保存した暁月さんの写真だ。

その写真に隠された秘密に、水斗もすぐに気が付いたようだった。

「……ふうん」

「何よ。それだけ？」

「あの二人がどうなっていようと、僕には何も関係ないだろ」

「もっと興味を示しなさいよ。友達でしょ」

「ヤツが言うにはな」

あ……いつの間にか、普通に喋《しゃべ》れてる。でも案外、名前を呼ぶタイミングがない……。

私はこのとき、すごく重要なことを一つ忘れていた。

私と暁月さんが写真を上げたグループチャットには、もう一人、参加者がいるのだということを。

ポコン、と画面の上部に通知が表示された。

私はほとんど条件反射で、水斗に肩を寄せたまま、通知をタップしてしまった。

LINEの画面が表示され。

その画像が現れた。

3-B
東　頭

スクール水着を着た東頭さんだった。

「…………………」

「…………………」

私も、そして同じ画面を見ていた水斗も、沈黙して停止した。

ここで思い出しておこう。

私たちが通う高校には、水泳の授業どころかプールそのものがない。

つまり――スクール水着などというものは存在せず。

必然、写真の東頭さんが着ているそれは、中学校の頃のものに他ならないのだった。

パッツンパッツンである。

ただでさえ発育のいい東頭さんが昔のスク水なんて着たら、それは当然のことだ。下はお尻の肉に食い込んでとんでもないことになっているし、上は豊満な胸が今にも溢《あふ》れ出《だ》しそうになっている。その上、羞恥からか単に水着がキツいからか、赤らんだ顔をした東頭さんが、軽く涙目になりながら一生懸命に腕を伸ばして自撮りをしているわけで――

〈あかつき☆：東頭さん、なんでいきなりエロ画像投下したの〉

うん。……そういう用途の画像にしか見えない。

〈イザナミ：匂わせ水着画像選手権じゃないんですか？〉

〈あかつき☆：そんな大会開催した覚えはないよ。というか何を匂わせてるの、これは〉

〈イザナミ：本棚の上にスマホを置いて撮ろうとしたんですけど、うまく角度を調整できなくて、結局手を使っちゃいました。皆さん、なんでそんなに上手《うま》いんですか？〉

ごめんなさい、東頭さん……。私たちは本当に男子に撮ってもらってるの……。

視線をスマホから外し、額に手を当てて深々と溜め息《たいき》をつく水斗に、私は恐る恐る訊《き》く。

「……言ったほうがいい？」

「……そりゃあな」

私は意を決してメッセージを打つ。

〈Ｙｕｍｅ：ごめんなさい、東頭さん〉

〈Ｙｕｍｅ：水斗に見られた〉

〈イザナミがメッセージの送信を取り消しました〉

自分の部屋で絶叫している東頭さんが目に浮かぶようだった。

本当にごめん。


網の上に載せられたお肉が、ジュウウゥッと香ばしい音を立てている。

同じ音があちこちから重奏して、河原にはたちまちお腹《なか》の減る香りが充満した。

「焼けたやつからどんどん食べてってやー！」

　夏目《なつめ》さんが次々と串に刺したお肉を網に載せていく。もう七〇歳近いと聞くけれど、私よりバイタリティがありそうだ。

　私は、バーベキューと言ってももっとささやかなものだと思っていたのだけれど、種里家のおじさんたちが車に載せてきたバーベキューセットは、総計六基にもなった。

　一体どこから持ってきたのか……。まさか、蔵とかに元々持っていたのだろうか。

「夏目お祖母《ばあ》ちゃんの友達にキャンプ場やってる人がいて、格安で借りられるらしいよ」

　はぐはぐ、とお肉を頬張《ほおば》りながら、円香さんが教えてくれた。

「さっすがは元・地元の名士だよねー。わたしも将来はお金持ちに嫁ぎたいわー」

「円香ぁ。それ、ミカドくんが聞いたら泣くぞ！」

「冗談じょーだん！　にひひ！」

　ミカドくん？

　私が首を傾《かし》げていると、円香さんが「あっ」とどこかを見た。

「竹真～、口の周りべたべた～」

「ふぇ？」

　円香さんの横であぐあぐとお肉を食べていた竹真くんが、口の周りをタレでべたべたにしていたのだった。

「汚いなぁ、もお～。えーと、ティッシュティッシュ……」

「あ、私、ハンカチ持ってます」

私はラッシュガードのポケットからハンカチを出すと、竹真くんの前に膝を突いて、口の周りを拭ってあげる。竹真くんは目を大きく見開いて、されるがままになってくれた。

うんうん、いい子いい子。

これが水斗だったら、ハンカチを押し返して、腕とかで適当に拭っていたはずだ。

「はい、綺麗《きれい》になった」

「……ぅ……ぁ……」

竹真くんが口をもごもごさせていると、円香さんがにまぁと怪しく笑う。

「竹真ぁ〜。結女お姉ちゃんにありがとうは〜？」

「あっ……ありっ、がとう……ございま、す……」

「うん。どういたしまして」

「うあっ……！」

にこやかに返したのに、竹真くんは顔を赤くして円香さんの後ろに隠れてしまった。

……やっぱり私、避《さ》けられてない？

私のほうは、水斗とは似ても似つかない可愛《かわい》らしい弟ができて嬉《うれ》しいのに……。

「にっひひ。罪だね〜、結女ちゃん」

「詰み？」

将棋の話はしてなかったと思うけど。

「あーあ。可哀想《かわいそう》な竹真。まあ、これも経験かぁ」

むやみに意味ありげなことを呟《つぶや》いて、円香さんはあらぬ方向を見やった。

「結女ちゃん、水斗くんの相手してあげたら？」

円香さんの視線の先には、レジャーシートに座り込みっぱなしの水斗がいた。

「また唐突な……どうして私なんですか」

「いつもはわたしが絡みに行くんだけどね。それとなく拒否られるんだよね～」

人に拒否られた話をよく笑いながらできるなあ……。

水斗は未《いま》だに本に目を落としていて、バーベキューに参加しようとする気配は見られない。種里家の人たちも、そんな水斗を無理に連れてこようとする様子を見せなかった。

定位置になっているんだ。

そういう人間だと、理解されている。

「んー、仕方ないなぁ」

円香さんは急にバーベキューセットのほうに向かって、紙の取り皿にひょいひょいとお肉や野菜を集め始めた。

酒豪なだけじゃなくて大食いでもあるのかな。あんなに細いのに……。もしや、噂《うわさ》に聞く栄養が胸に行くタイプか。

などと思っていると、円香さんはお肉と野菜でいっぱいになった取り皿を「はい、これ」と私に差し出した。

「え？　……いや、自分のがありますけど……」

私がまだお肉が残った取り皿を持ち上げると、

「違う違う。これは水斗くんの分」

「えっ」

「届けてあげて？」

にっひっひ、と円香さんはまた怪しい笑みを見せる。

……これ、やっぱりまだ誤解されてるな？

私と水斗は、本当にそういう関係じゃないのに――むしろ嫌い合っているくらいなのに。

「ほらほら早く～。冷めちゃう冷めちゃう」

「……わかりました」

とはいえ、変に固辞すればますます怪しくなってしまう。

私は大人しく取り皿を受け取り、水斗が座っているレジャーシートに向かった。

時刻は夕方。空も夕焼けが覆いつつある。川のそばに広がる森の影が、横ざまの陽光で長く伸びて、レジャーシートの辺りを包んでいた。

その中で、微動だにせず文庫本に目を落とす水斗に、

「み……」

呼びかけようとして、やっぱり躊躇《ためら》う。

恥ずかしい……というか。まだ、何だか、口に馴染《なじ》まない。

これが円香さんだったら、きっとこんなに迷わないんだろうな……。

と考えたところで、思いついた。

私は声を調整し、努めて明るく──円香さんを真似《まね》して、水斗に話しかける。

「みーずーとーくんっ」

「キモい」

一瞥《いちべつ》もなく答えが返ってきた。

足音の調子で、誰が近付いてくるのかわかっていたみたいだ。

もちろん、嬉しくなんてない。

私はサンダルを脱いで、水斗の隣にお尻を下ろした。

「これ。あなたの分」

取り皿を差し出すと、今度は一瞥をくれたけど、本を手放そうとする気配はなかった。

「いらないの？」

「いや、いるけど……」

水斗が開いている本の、左手側のページがだいぶ薄くなっているのを見て、私は察する。

クライマックスに入っているんだろう。それなら食事くらい後回しにしたくもなるか。

とすると……。

「にひ」

「…………？」

水斗が胡散臭《うさんくさ》そうな目を寄越《よこ》してきた。しまった。円香さんの笑い方が移った。

私は水斗の取り皿から、お箸でお肉を一切れ摘《つ》まみ上《あ》げる。

「口開けて」

「は？」

「あ〜ん」

大人たちの笑い声が、すぐそこから響いてくる。

水斗の目が、ちらりとそちらを気にした。

「大丈夫でしょ。暗いからわからないわ」

「いや、そういう問題じゃないだろ……」

「じゃあどういう問題？」

「それは……」

「えい」

「むぐ！」

口が開いた隙にお肉を突っ込んだ。

水斗の口がもごもごと動いて、お肉を咀嚼《そしやく》する。ごくんと喉を鳴らして嚥下《えんげ》すると、水斗は抗議の目で私を睨《にら》み、

「おい！　危な――」

「あーもう。口ベタベタにしてー」

「むぐむぐむぐ！」

すかさず、私は用意していたハンカチで水斗の口を拭った。

すっかり綺麗になると、私はふふふと淡く笑みを零《こぼ》す。

「あなたって、黙っていれば、竹真くんと同じくらい可愛いわよね」

「……だったら竹真にすればいいだろうが」

「大丈夫？　お姉ちゃん取られちゃってヤキモチ焼かない？」

「キモい」

くくくっと私は忍び笑いを漏らした。

いつも小憎たらしいこの男も、扱いようによっては可愛い弟にできるみたいだ。

切りのいいところがあったのか、それともこれ以上の『あ〜ん』は勘弁だと思ったのか、水斗は本を閉じて横に置き、私から取り皿とお箸を奪った。

お肉と野菜を一緒に頰張り始める元カレにして義弟を、私は横から眺める。

「……ねえ、み――」

んぐ。

もう！　どうして呼べないの！

水斗が口をもぐもぐさせながらこっちを見て、

「今日の君、僕のことを『み』って呼んでるよな。なかなか斬新な渾名《あだな》だ」

「きっ……気付いてたの⁉」

「当然だろ。……今日から呼び捨てにされるものだと思って、腹を括《くく》っていたのに」

……呼ぶのにも覚悟がいるように、呼ばれるのにも覚悟がいるということか。

「……一度、あなたのほうから呼び捨てにしてみてよ」

「なんでだよ」

「私だけ呼び捨てじゃ、バランスが悪いじゃない」

「知るか。君が勝手にやり始めたことだ」

「いいの？　私が呼び捨てであなたがさん付けだと、誰がどう見ても私が姉になるけど？」

「……くっ。卑怯者《ひきょうもの》が」

負け惜しみを聞き流してやると、水斗は悔しげに唇を歪《ゆが》めつつ、

「……ゆ――」

「ゆ？」

「…………………」

「斬新な渾名ね」

「うるさい！」

強く言って、水斗はお芋をもしゃりと囓《かじ》った。

恥ずかしがっているのか……あるいは。

惜しんでいるのだろうか。

今はもうどこにもなくなった、『綾井《あやい》』という名前を。

――おはよう、綾井

――あの本読んだか、綾井

――好きだよ、綾井

――綾井

幾度となく耳にした、あの優しい響き。

もう二度と戻ってはこない、初恋の残像。

切なく胸を衝《つ》くものはある。それは認めるけれど、……だからこそ、思い出に留《とど》まってはいけない。

未練にしがみついてはいけない。

私と彼は、同じ『伊理戸』――結婚したわけでもない、義理のきょうだい。

かつて付き合っていたなんて些末《さまつ》なことだ。

それが、今の私たちの、すべてなのだから。

「ねえ。そういえば、あのルール、最近使ってなくない？」

「ああ……義理のきょうだいらしからぬ行動を取ったら、っていうアレか」

「お互い、慣れちゃったものね。もう出番はなさそう」

「……そうかな。今日は出番、ありそうだったけど」

「え？」

せせらぐ川を見やりながら、水斗はぶっきらぼうに呟く。

「水着姿をじろじろ見るのは、きょうだいらしくないだろ」

……あ。ああー……。

そっか。なるほど。

ふうん？

「な……なんで、わざわざ、それ、言ったの」

「君がめんどくさい奴《やつ》だからだよ。……安心したか？　水着を見てもらえなかった理由がわかって」

「……ばか」

意地悪に口角を上げる水斗から、私は顔を逸《そ》らす。

安心したって言ったら、それこそルール抵触になるじゃない。特にこっちにいる間はな。何せバレたらマズい相手が多すぎる」

「ま、あのルールはこれからも大事にしていこう。特にこっちにいる間はな。何せバレたらマズい相手が多すぎる」

「そうね……。確かに、そうかも」

ちらりと見ると、水斗の手にある取り皿が空っぽになっていた。

そして水斗の目が、何もないそこに向いている。

「……足りなかった？　取りに行く？」

「そう……だな」

歯切れの悪い返事をしながら、水斗はちらりと私の手元を見て、

「君の分も、ついでに取りに行こう」

「え？　私は別に――」

「それ以上痩せてどうするつもりなんだ。もっと食え」

やけに強引な言い方に、私はピンと思い至った。

一人で行きたくないんだ。

私はにやっと笑って、ここぞとばかりに告げた。

「名前で呼んでくれたら、言う通りにしてあげる」

「……くっ……」

水斗は頬《ほお》を歪めながら、一度目をよそに向け。それから、重い腰を上げて立ち上がると、座った私を見下ろしながら、真剣な顔で手を差し伸べてきた。

「行くぞ、結女」

「……へぇっ？」

思わず空気が抜けるような声が出た。

背筋がぞわぞわってして、なぜだか逃げ出したい気持ちに駆られた。

そんな私を見下ろして、水斗は「ふん」と鼻を鳴らして口を曲げる。

「はい負け」

「……えっ」

「行くぞ、妹よ」

「なっ……あっ……」

こっ、この男〜〜〜っ……!!

そっちこそ、そうやって格好つけないと名前で呼べないなんて、アウトなんじゃないの⁉

「……わかったわよっ、お兄ちゃん！」

「ふっ」

前はお兄ちゃん呼びでも動揺していたくせに、今はどこ吹く風だ。

私は水斗の手を握って、立ち上がる。

たぶんもう、私が『伊理戸くん』と呼ぶことはない。

たぶんもう、彼が『綾井』と呼んでくることはない。

思い出の残像は振り切った。

未練というみっともない感情を断ち切り、今の自分たちを受け入れた。

……そのはず。

なのに。

私たちの親戚がいる方向へ足を向けながら、私は思う。

なのに、なぜ——もう少しだけ、この手を握っていたいと思うんだろう？


「田舎の夜道は危ないさかい、気ぃつけて帰りや〜」

バーベキューが解散になった頃には、夕日が山の向こうに沈もうとしていた。

真っ赤に染まった田園風景と、真っ黒な影になった鉄塔を眺めながら、私と水斗は車の通らない県道を歩いている。

他に人はいない。

車が何台かあったのだけど、歳《とし》の行った人たちや遊び疲れて寝てしまった竹真くん、その付き添いの円香さんが乗ってしまうと、定員オーバーになってしまった。

まだしも体力のある若者の私たちは、だから徒歩で帰途に就くことになったのだった。

案内役として、水斗は私の前を歩いている。

大股で三歩分ってところかな。

なんとなく隣には並ばず、その距離を維持して、夕染めのアスファルトを踏んでいく。

「本当に何もないのね」

横合いに視線をやりながら、私は言った。

所々に民家らしきものは見受けられるけれど、他には畑に田んぼ、そして電線を張る鉄塔。山に鉄の塊なんて不自然もいいところのはずなのに、不思議と景観に馴染《なじ》んでいる。

水斗は振り返らないまま、

「不便に思ったことはないよ。たかが五日だし。本を読んでればあっという間だ」

「……ねえ、あなたって――」

呑《の》み込《こ》みかけた言葉を、それでも口にするために、私はタンッ、と距離を一歩、詰めた。

「――親戚の人たちのこと、嫌いなの？」

残り二歩。

近くなった水斗は、それでもやっぱり振り返らない。

「別に、嫌いじゃない」

声音は平淡だった。

「正直に言えば――どうでもいい」

「ひどっ」

「よく知らないんだから仕方ないだろ。種里のほうの人ばかりで、大伯父だか何だか、なんて呼んだらいいのかもよくわからない。正直、顔と名前が一致しない人も多いし」

「……だったら、円香さんは？　歳、近いじゃない。小さい頃から面倒見てたって、円香さんは言ってたけど」

「………………」

水斗はなぜか、答えに間を取った。

「……確かに、気に掛けてもらった覚えはある。覚えてる限りで……ここに最初に来たのは、幼稚園の頃か。じゃあ向こうは、あの頃はまだ、小学生だったんだな……」

小さな頃は、年上の人がみんな大きく見える。

頼りがいのあるお姉さんだと思っていた人が、今になって考えてみれば小さな子供でしかなかったことに、感慨を抱いているのだろうか……。

だとすれば――水斗にとって、円香さんは、母親みたいなものだったのかもしれない。

生まれつき母親を持たなかった水斗には、円香さんだけが、母親のように思える人だったのかもしれない……。

「……ねえ」

私は唾を飲んだ。

なぜか、喉が渇いていた。

「これは、雑談なんだけど――」

少しだけ、勇気がいる。

聞きたいと聞きたくないが鬩《せめ》ぎ合う。

だけど、私は――未練を、振り切ったのだから。

タンッ、とさらに一歩、距離を詰めた。

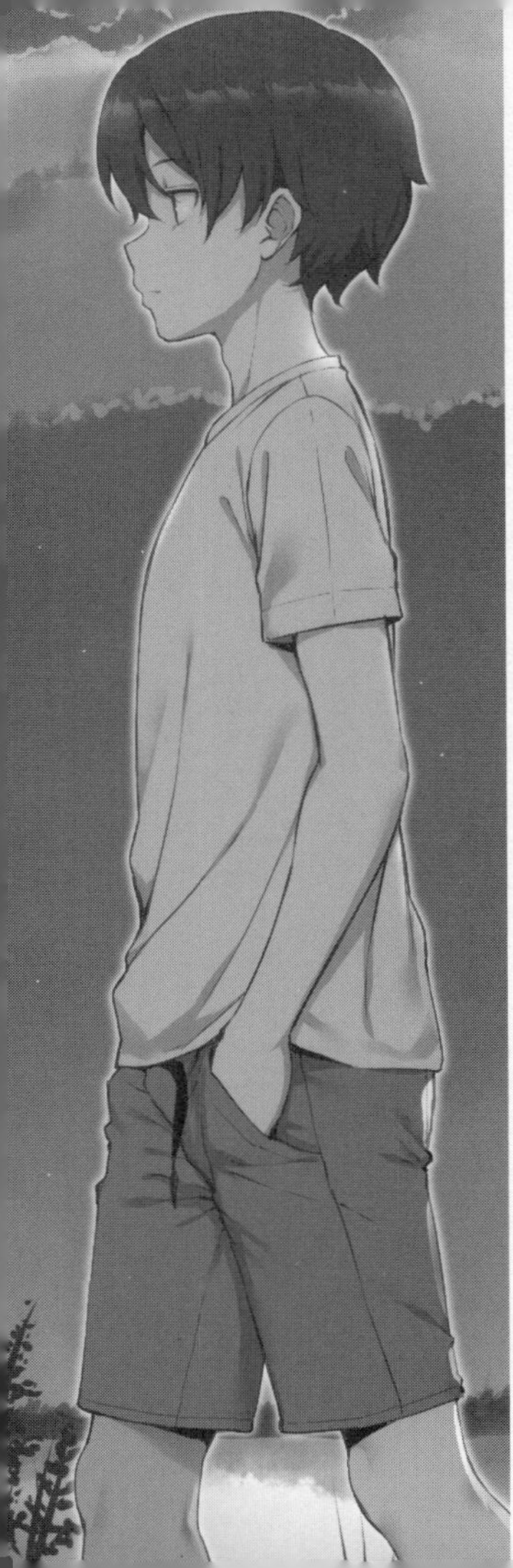

「――初恋って、どんな人だった？」

残り一歩。

身を乗り出せば手が届く距離。

水斗はやっぱり振り返らず。

「ふっ」と、どこか懐かしむように、笑った。

「よく、笑う人だったかな」

にひひ、と。
特徴的な笑い声が、耳の奥で響いた気がした。
「……そっか」
覚えているか、伊理戸結女。
天下無双の地味女。泣く子も黙る無愛想。
笑顔という言葉が何よりも似合わなかった、過去の自分を。
そっか。
やっぱり――円香さんのことが、好きだったんだ。
一歩、二歩、と距離が離れた。
夕日はもう半分だけ。
どっちつかずの黄昏《たそがれ》が過ぎ去り、程なくして夜闇が来る。

幼馴染みはプールに行く「うまく誤魔化したな」

返す返すも身の毛のよだつ事実だが、オレには中学三年の頃の一時期、いわゆる彼女ってもんが存在したことがある。

っつってもそいつはいわゆる幼馴染《おさななじ》みってやつで、付き合い始めたのもその延長みたいなもんだった。

そもそもだな、考えてもみろよ。

すぐ隣の部屋に、きょうだいみたいに育ってきた、オレの親とも通じている女が住んでるんだぜ？　おちおち女子も連れ込めねーだろ。

だから、そう、消去法だったんだよ。

オレには最初から、あの空前絶後の地雷女しか選択肢がなかった——そういう星の下に生まれちまったってだけの話。

あるいは、オレたちが幼馴染みじゃなければ。

ただの隣人同士であれば。

あんなクソみたいな結末を迎えずに済んだんだろうが——すべては後の祭りだ。

現実に、あの女はオレに懐いてしまったし、オレもまた、あいつを見捨てたりはできなかった。

今ばかりは、自分の無駄に世話焼きな性根に腹が立つぜ——なあ、小学生のオレ。


あれは小学校の何年の頃だったかな。詳しく覚えちゃあいねーが、あーちゃん——暁月《あかつき》と一緒にプールに行ったことがあった。保護者は誰だったか、たぶんオレとあいつの親の誰かが、一人だけ来てたんじゃなかったかな。

目的は遊びじゃない。オレたちなりに真剣な理由だ。

暁月を泳げるようにすることだ。

今となっては運動神経抜群、ムキムキの実の全身スポーツ人間である暁月だが、意外にも昔は泳げなかったのだ。夏休み中に実施される水泳検定に向けて、仏のように優しく、そして神のごとく如才ないオレは、哀れな幼馴染みに特訓をしてやろうと考えたのだった。

先に水に入ったオレは、恐る恐る水面を覗《のぞ》き込《こ》む暁月に手を差し伸べる。

——ほら。捕まってたら怖くないだろ
——うん……

暁月はそっとオレの手を取り、そろそろと足を水に差し入れる。

殊勝な頃もあったもんだ。感動するぜ。今だったらオレの顔を踏みつけながらプールに入るだろうな。

——足、着くか？

——うん。だいじょうぶ……

自分にしがみつきながらか細く言う同い年の女子に、肉体的にも精神的にも矮小《わいしょう》なオレは、たいそう自尊心を満たされたことだろう。良かったなあ。てめーのそのしょうもねー承認欲求のせいで恐ろしいことになるとも知らずによお!!

オレは暁月の手を取って、まずはゆっくり、水に顔をつける練習から始めさせる。小学生のガキのくせに段取りがしっかりしてるのは、タブレットPCから得た付け焼き刃の知識があるからだ。ガキはガキなりに真剣だったたっつーことだな。

——怖くないぞー。力抜けちからー
けど、やっぱりガキはガキ。集中力のステータスが足りない。

暁月の手を取ってバタ足をさせながら、その注意はよそに向いていた。

きゃあーっ!!　と甲高い悲鳴の後に、どぼんっ！　と大きく上がる水飛沫《みずしぶき》。

大人用プールのほうにある大きなウォータースライダーに、しばしば視線を奪われていた。

そして、それに気が付かないほど暁月もバカじゃない。

――こーくん……行ってきてもいいよ？

濡《ぬ》れた顔でオレの顔を見上げて、

――バタ足の練習なら、一人でもできるから……

――……バカだな、お前は
オレは暁月の手をしっかり握り直しながら、すぐに言った。

――ウォータースライダーなんて、一人で行ったってつまんねーじゃん。早く泳げるようになって、二人で行けばいいんだよ
――……あ……

暁月はオレの顔を見上げ、目を左右に泳がせ、それから顎まで水の中に沈んだ。

――……あり、がとぉ……

――いらねーよ。当たり前だろ！

結局、その日だけでは、暁月は泳げるようにはならなかった。

一緒に風呂に入ったときに顔を水につける練習をしたり、水泳の時間も練習に付き合ったりして、夏休みの最後にようやく、一〇メートルだけ泳げるようになったのだ。

だからオレは、その夏、ウォータースライダーで滑ることはできなかった。

滑りたかったなあって、内心すっげー思いながら。

でも……あのとき、暁月を放って行ったとしても、……きっと、ひどくつまらなかっただろうこともまた、確かだったんだ。

◆

宇治駅から出る太陽が丘行きのバスはひどく混んでいた。暁月がチビを利用してするりと通路脇の席に収まりやがったので、オレはそのそばでポールを摑《つか》み、満員の乗客が生む圧力に耐えている。

「……お若い人。席を譲ってくれませんか」

涼しい顔をしている南《みなみ》暁月に精一杯の嫌味《いやみ》を投げつけてやると、暁月はそれ以上に嫌みったらしく笑ってみせた。

「ごめんね～？　ガタイだけは悪くない川波《かわなみ》くん。その完全に見栄えのためだけに鍛えてる偽筋肉じゃ、ちょっとつらかったよね？」

「……さすが、支えるもんもねーのに胸筋鍛えてる奴《やつ》は言うことがちげーわ」

「あるわ！　毎日支えとるわ！　ふわっふわでたゆんたゆんなやつを！」

可哀想《かわいそう》に。きっと幻肢痛みたいなもんだろう。

こうしてオレとこの女――不倶戴天《ふぐたいてん》の宿敵にして不肖の幼馴染み、南暁月が満員バスに揺られているのは、取りも直さず、遊びに行くためだった。

学生らしく。

夏休みらしく。

若い男女らしく。

なんと、プールに向かっているのである。

伊理戸《いりど》きょうだいが帰省でいなくなっちまって、手持ち無沙汰になったもんだから、まあ、暇潰しってやつだな。もちろんオレが言い出したわけじゃない。家で夏休みの宿題から全力で目を逸《そ》らしていると、唐突に暁月が誘ってきやがったのだ。

——暑いからプール行くよ。ナンパ避《よ》けについてこい
誰がナンパすんだよこんなちんちくりん、と言ってやったら蹴り飛ばされたが、気分転換はしたかったし、こいつなら気兼ねする必要もない。

何より、夏休みのプールにはカップルがたくさんいる。

というわけで、付き合うことになったのだった。

実のとこ、誘われた時点では、他にも何人か誘ってんのかと思ってたんだが、あにはからんや、二人きりのプールデートだった。

……はッ、デートね。

オレやこいつが言うと、何とも白々しい響きになっちまうな。

手早く水着に着替えたオレは、女子更衣室に続く道の前で、ぼーっと暁月を待った。

次々と現れる水着女子たちの眩《まぶ》しいこと。オレは中学時代のトラウマで、女子に好意を向けられると体調を崩してしまうわけだが、別に性欲がなくなったわけじゃない。

まあ当然、猿に毛が生えたようなもんだった中学生の頃に比べれば、ずいぶんと落ち着いたけどな。それでも、歩くたびにたゆたゆ揺れてるような人が通りかかると、おおっ？というリアクションにはなる。

近くには他にも彼女待ちらしき男の姿があるが、どいつも似たようなもんだ。じろじろ見物してたら不審者だから、気のない風を装っちゃあいるがな。

そんな中——まったく視線を集めない女が現れた。

イケイケ（死語）でピチピチ（死語）のギャル（瀕死《ひんし》）に紛れるようにしててけてけと歩く、ポニーテールのちんちくりん。黄色系のビキニの上に、防水ポーチに入れたスマホを首から提げている。

そいつはオレを見つけると、特に急ぐでもなく悠々と歩み寄ってきた。歩き方だけはいっちょ前だな。

「お待たせ」

「全然待ってないぜ。水着のカップルを眺めていたら一瞬だった」

「きしょい。死ね」

辛辣な言葉を言い放ちながら、暁月は何かを待つようにオレの顔を見上げた。

オレは伊理戸水斗《みずと》じゃない。何を言うべきタイミングなのかはわかってる。

暁月の水着はガーリーな雰囲気で、胸を覆うチューブトップにはフリルがふんだんにあしらわれている。それによって足りない曲線を足し、全体のシルエットを綺麗《きれい》に見せているわけだ。

ボトムスにもスカートっぽいひらひらがついているがごく短く、健康的な太腿《ふともも》を惜しげもなく晒《さら》している。どうやら脚にはご自信がおありらしい。

総評すると、一言。

「うまく誤魔化《ごまか》したな」

「何をだ言ってみろっ!!」

「ぐえぇーっ!!」

暁月は短い手を素早く伸ばしてオレの首を絞め上げた。ギブギブ、ギブ！　この怪力チビ！

幸い、暁月はすぐにオレの首から手を離し、ふんっ、と鼻を鳴らしてそっぽを向く。

……が。

ちらっ。ちらっちらっ。

しきりにオレの胸板辺りを、ちらちらと盗み見てくる。

「なんだよ？　ついにオレの胸さえ羨ましくなったか」

「なるかアホ！　……べつになんでもない。部活とかやればいいのにって思っただけ」

「はは～ん。日夜筋トレで鍛えられたオレの筋肉に見惚《みと》れたか」

高校じゃ何のスポーツもやってねーが、男にとって最低限の筋肉は身嗜《みだしな》みの一部だ。伊理戸の奴も、もうちょっとだけ筋肉を付けたらもっととんでもねーイケメンになれるのに、もったいないぜ。

まあ、この女はオレの身体《からだ》なんて見飽きてるだろうがな。

と思っていると、一転、暁月はじっとオレの顔を見上げ――

「――見惚れた、って、言ってもいいわけ？」

まるでふて腐れたような調子で、そう言ったのだ。

オレは自分の中でずぐんと何かが胎動するのを感じ、

「……いや、勘弁してくれ……」

水着姿じゃ、蕁麻疹《じんましん》が出ても隠しようがない。

「だったらしょーもないこと言わないでよね」

行くよ、と暁月はプールのほうに足を向ける。

……くそ。これなんかズルくねーか？　あっちがちょっと素直に褒めてくるだけで致命傷になるなんてよ。

釈然としなくて、少しやり返してやりたくなった。

「おい」

「何？」

ポニーテールを揺らして振り返った暁月に、オレは言う。

「水着、すげー可愛《かわい》いと思うぜ」

「……は……」

暁月は一瞬、口を開けたまま固まった。

が、すぐに向こうに顔を戻して、

「…………あっそ」

小さく、呟《つぶや》く。

……あー、ミスった。

オレは左腕を軽くこする。

――これ、結局オレもダメージ喰《く》らうわ。

「んっ……ね、もっと」

「お前……大丈夫かよ？」

「大丈夫だから……もっと強く……。こんなんじゃ全然、んっ、気持ちよくないし……」

「言ったな？　覚悟しろよ……」

というわけで、オレは暁月の背中に添えた手に体重をかけた。

脚を伸ばした暁月の上体を、ぐーっと地面に近付けていく。

「うわっ、やわらけー。タコかよお前」

「ふふん。体操部の子にも褒められたんだか——いだだだだだだ！　やりすぎやりすぎっ！」

悲鳴を上げてバンバン地面を叩《たた》く暁月に満足して、オレは背中から手を離してやる。ふっ、いつも虐げられている仕返しだぜ。

暁月は上体を起こすと、じっとオレの顔を見上げ、

「おらっ」

「おっ？」

オレの手を唐突に引っ張り、地面に引きずり倒した。

そして、うつ伏せになったオレの背中に跨《また》がる。

「あんたも、ちゃんと準備体操、しないとね？」

「いやっ、これ体操っつーか――うごあああああ!!」

腕を後ろに引っ張られ、無理やり海老反《えびぞ》りにされるオレ。

存外しっかりした肉付きの太腿が固くオレの腰をロックしており、抜け出しようがなかった。いてえいてえいてえ！　背中がバキボキ言ってる！

「はい、もういっかーい――んっ？」

ポコン、という音と共に、拷問が終わった。

なんだどうしたと振り返ってみれば、暁月が防水ポーチに入れたスマホをチェックしている。ＬＩＮＥでも来たか？

「お、結女《ゆめ》ちゃんだ！　えへっ、へへへへ……」

「きもっ。――ぬがっ！」

笑顔のまま後頭部をしばかれる。お前もいつもキモいキモい言うくせに！

「――ひゅっ」

不意に、暁月が呼吸を止めた。

目を皿のように見開いて、スマホ画面を間近から覗《のぞ》き込《こ》んでいる。

その身体は、酒が切れたアル中みたいに、ぷるぷると震えていた。

「どうした？　伊理戸きょうだいのキス写真でも誤送信されてきたか」

半ば期待を込めて言ってみたが、さすがにないだろ。んなカップルユーチューバーみてーなこと、あの二人がするわけねーし。

晩月は震える声で呟く。

「み……みずぎ……水着が……」

「ああ？　紐《ひも》でも緩みそうになってんのか？」

オレは暁月の脚の間で身体を仰向《あおむ》けにすると、腹筋の要領で起き上がり、暁月の肩越しに背中を覗き込んだ。首の後ろの結び目にもチューブトップのホックにも異状は見られない。

首を傾《かし》げていると、暁月はオレの胸の中で頭を抱え始めた。

「あ、あああ……どうしよ、返信どうしよ……。どう考えてもキモい文章しか思いつかないよぉぉぉ……！」

「よくわかんねーけど、今やってることでも報告しとけばいいだろ」

「それだっ！」

「どわっ！」

暁月はオレの身体を突き飛ばすと、すっくと立ち上がり、「ちょっとここで待ってて！」と言い残してどこかにすっ飛んでいった。

待つこと数分。

戻ってきた暁月の手には、なぜかアイスがあった。たぶんチョコミント。

「なんでいきなりアイス。っつーかオレの分は？」

「健全に夏を満喫してますアピール……あんたの分はない」

アピールするまでもなく夏を満喫している最中のはずなんだが……まあ存在が健全じゃあねーからな。

暁月は首に掛けたスマホ入り防水ポーチを外すと、オレに押しつけてくる。

「撮って！　可愛く！」

「被写体が可愛くなけりゃ無理な相談だぜ」

「じゃあ可愛くなるから！　今から！」

宣言すると、暁月はアイスを顔の横に持ち、その反対側でピースして、輝くような笑顔を浮かべた。

……なんつーか、驚くべき変わり身の早さだな。さっきまで鼻の穴広げてた奴《やつ》とは思えねー。

「可愛い？」

「……あー、はいはい。可愛い可愛い」

「本気で言って!!」

「かーわーいーい!!」

これ以上続けさせられると拷問だ。

わけがわからんが、早いうちに済ませてしまおうと、オレはスマホを構えた。

見下ろすような形で暁月を画角に捉え、パシャリと一枚。

「はいよ。これでいいか？」

「…………。まあよし！　送信！」

オレが返したスマホをタタッと操作し、暁月は「ふー……」と息をついて、ぺろりとアイスを舐《な》める。

「これで今日も、あたしのリア充ＪＫイメージは守られた……」

「は？（笑）」

「何笑ってんだコラ」

アイスをちろちろ舐めながら弁慶の泣き所を狙ってきやがったので、オレはギリで回避した。だってリア充ＪＫって（笑）　本物のリア充ＪＫは今頃彼氏とよろしくやってるっつの（笑）

……ん？　彼氏⁇

オレはふと気になって、さっき撮った写真を思い返した。

「……なあ、さっきの写真、伊理戸さんに送ったんだよな？」

「そうだけど？」

「良かったのか？」

「アングルからして明らかに男が撮った写真だし、何ならオレの影が映り込んでたんだが」

「何が？」

「…………………」

ぼとり、と食べかけのチョコミントアイスが地面に落ちた。

暁月は数秒、表情を失って静止し——それから猛然とスマホを操作した。

「今のなし今のなし今のなし今のなしっ————あああーッ!!」

いきなり膝から崩れ落ちる暁月。忙《せわ》しねー奴だな。ここが元から騒がしいプールじゃなかったら通報されてるぞ。

「……なんでそういうことするの、結女ちゃぁん……」

「どうした？」

「写真消したけど、スクショで保存されてたぁ……」

やるな、伊理戸さん。すかさず証拠を押さえるとは。

「なんであんたは平然としてるわけ!?」

「別に、二人でプール来てんのは事実だしな。友達に嘘《うそ》つくのは良くねーだろ」

「……嫌じゃないの？　あたしと付き合ってると思われて」

「嫌に決まってんだろアホ。……でもまあ、嘘ついて隠すほどじゃねーって話」

「………そっ、か」

なんか恥ずいな。オレはなんとなく目を逸《そ》らしてしまう。

勉強合宿のときにいろいろぶち撒《ま》けたものの、別にヨリを戻したわけじゃない。オレの好意アレルギーは治っちゃいねーし、暁月が好きかと訊《き》かれたら首を傾《かし》げる。まるで恋愛という概念が、オレの中から落っこちたみたいだ。

それでも、オレたちが幼馴染みであることに違いはない。もうそれを否定するつもりはなかった。

「——ぷふっ！」

スマホを見ていた暁月が、急に噴き出した。

「どうした？」

「あんたは見るなっ!!」

思わず画面を覗き込もうとしたら、暁月は慌ててスマホを胸に当てて隠す。っと、確かにマナー違反か。

「東頭《ひがしら》さん何やってんのこれ……あはは！」

あのお邪魔巨乳女が、また天然を炸裂《さくれつ》させたらしい。楽しそうで何よりだぜ。

こいつは元々孤立しがちで、やたら友達ができるようになったのは中学に入ってからだった。たぶんその頃になって、ようやく割り切って人と接することができるようになったんだろう。浅く広く上辺だけの付き合いをすることを覚えたんだ。

一方で、ひとたび心を許した人間にはとことん深く、ずぶずぶに依存しちまうところはまったく治ってなかった――それに気付かなかったせいで、オレは酷《ひど》い目に遭ったわけだが……。

伊理戸さんや東頭の奴とは、いい距離感でいられてるっぽいな。

まあ、伊理戸さんに対してはかなり危ねーところがあるから、引き続き警戒する必要はあるものの、中学の頃に比べればだいぶマシにはなっただろう。

この調子で更生して、伊理戸きょうだいの邪魔をやめてくれたら最高なんだがな。あの二人が田舎に行ってる今なら手出しもできねーだろうし、今のうちになにがしか進展してくれてたらいいんだが――

「……んん……？」

しばらくスマホをいじっていた暁月が、怪訝《けげん》そうに眉間にしわを寄せた。

「ねえ、川波」

「なんだ、南」

「……結女ちゃんって、伊理戸くんのこと、下の名前で呼んでたっけ？」

「はあ？　そりゃお前、苗字《みょうじ》が同じなんだから――」

…………あれ？

そういえば、『あいつ』とか『弟』とかいう呼び方しかしてなかったような……。

「……おい。呼んでたのか？　下の名前で⁉」

「ちょっと結女ちゃんとこ行ってくる……！」

「行かせるかっ‼　っつーか場所知らねーだろ‼」

「いーくーのーっ‼」

　完全更生の日は遠い。


「…………ぜはあああ…………」

　照りつける太陽が濡《ぬ》れた身体《からだ》を乾かしてくれるのを感じながら、オレは大の字になっていた。

　ストレス発散とか言って水泳勝負に付き合わされて、早くも疲労困憊《ひろうこんぱい》だ。普通の遊泳プールで競泳みてーなスピード出すんじゃねーよ。

　一方の暁月は、肌を水で光らせながら、水着のお尻に指を入れて位置を直していた。平気そうだ。体力オバケめ。

「はー、喉渇いたー。なんか買ってこよ～」

「オレのも頼んだ……」

「はあ～？　あたし一人で行くの？　何のためにあんたがいるのか忘れたわけ？」

「都合のいいサンドバッグにするためだろ……？」

「ナ・ン・パ・避《よ》・け！」

「ああ……確かに心配だな……」

「ん？　ずいぶん殊勝じゃん」

「この綺麗《きれい》なプールが、ナンパ男の血で染まるかと思うと……」

「あたしの心配をしろ！」

　げしっとオレの横腹を軽く蹴りつつ、「何が飲みたい？」と訊かれたので、「コーラ」と答える。「りょーかい」と言って、暁月は売店だか自販機だかを探しに行った。

　やれやれ。オレは上体を起こす。

　さすがに見た目中学生の女をナンパするようなロリコンはいねーだろ。いたとしても、あいつならいい感じに躱《かわ》すか、もしくは蹴り飛ばすだろうし。これが伊理戸さんや東頭の奴なら心配するんだけどな。特に東頭……ヤツのスタイルでプールになんて来たら、目立って仕方がねーだろうな……。

　プールでじゃれ合うカップルを眺めながら体力の回復に努めていると、

「ねえ、一人？」

　そんな声が聞こえた。

　あー、やってるやってる。まあ夏場のプールといえばナンパだよな――と思いかけたが、今の声、女だったような。

不思議に思って振り返ると、セクシーな水着のお姉さんが二人、並んで立っていた。

座り込んだオレの顔を覗《のぞ》き込《こ》むように、中腰になって。

……おお？

「友達は一緒じゃないの？　珍しいね？」

「私たちも二人なんだけど、ちょっと寂しくてさーあ」

まるで見せつけるように、たわわな果実が四つも目の前にぶら下がる。一人は色白で黒髪、一人は日焼け気味で茶髪。二人とも健康的に引き締まったスタイルで、どこかの女にはない砂時計型の曲線を、面積の小さい水着で覆っていた。

ま……まさか、これは……。

オレは息を呑《の》みながら、万が一勘違いだった場合に備えて、二人のお姉さんに質問をした。

「お……オレに話しかけてるんスか……？」

「そうそう。キミだよ、キミ」

「はっきり言えば、逆ナンってやつ？　あはは！」

逆ナン！　実在したのか……。

さしものオレも未知の状況だった。どう対応していいかわからないでいるうちに、お姉さんたちはオレの両脇に座り込み、逃げ道を断ってくる。

「ねえ。キミ、よく見ると筋肉すごくない？」

「細マッチョだよね。何かスポーツやってるのかな？」

両側からいい匂いを振りまきながら、ついには肩や腕をタッチしてくるお姉様がた。

「い……いや……これは、筋トレしてるだけッス……」

「へえー！　努力の結晶だ」

「せっかく鍛えてるのに、一人でプールとか勿体《もったい》なくない？　……ちょっとあたしらと遊ぼうよ」

耳元で囁《ささや》くや否や、褐色茶髪のお姉さんが、二の腕にふにりと胸を当ててくる。

同時、示し合わせたかのように、色白黒髪のお姉さんが腕を絡め、やはり豊満な胸を押し当てた。

おあ、おあああああ！

か……完全にヤる気でいらっしゃる……！　いたいけな高校生に一夏の思い出を作らせる気満々でいらっしゃる！

もし、オレが普通の男子高校生だったら、ふらりと流されていたに違いない。あれよあれよという間に知らない部屋に連れ込まれ、夢のような時間を過ごしていただろう。

だが、それは許されなかった。

ぞわりと全身に寒気が走り、腹から吐き気が込み上げる。身体の両側に絡みついたお姉さんたちから香り立つ好意が、オレの古傷をほじくって広げていく。

「……うっ……」

「ね、いいよね？　きっと楽しいよ？」

「あたしらが奢《おご》るからさー。連絡先だけでも交換しよ？」

…………これは、きっつい…………。

この体質になってから、女子からの好意を感じたことは何度かあった……。でも、これは最大級……。まともに受け答えをすることさえできない……。

身嗜《みだしな》みに気を遣ったことを後悔するレベルだった。こんな目に遭うくらいなら、誰にも見向きされねーような、地味でダサい格好をしておくんだった……。

くそ……。どうにか断らねーと……。このままだと、腹ん中の昼飯を吐き散らかすことになる……。

「向こうにスライダーあったよね。一緒に滑りに行かない？」

「いいねー！　行こ行こ――」

「――何してんの？」

お姉様がたのほうで勝手に話がまとまりかけたとき、ちっこい女が太陽を背にして現れた。

両手にペットボトルと缶コーラをそれぞれ持った、それは南暁月。

しらっとした目でオレを見下ろすそいつを、お姉様がたは目をぱちくりさせながら見つめた。

「ええっとー……」

「……妹さん？」

至極当然の反応に、暁月は眉を逆立てて宣言する。

「カノジョですが、何か問題でも？」

数秒の間があった。

理解に時間を要したのか、それからようやく、お姉様がたはオレの身体からパッと距離を取る。

「なんだ、もー！　一人じゃないじゃん！」

「カノジョ連れだって言ってくれてたらすぐに引き下がったよ!?　ホントホント！」

それから、お姉様がたは「ごめんねー！」「すぐに消えるから！」「彼氏カッコいいね！」と暁月に謝罪とフォローの言葉を述べつつ、そそくさと去っていった。「あー、やらかした―!」「マジで好みだったのにな―!」という声が喧噪《けんそう》に溶けていく。

「…………………」

「…………………」

残されたオレと暁月は、しばらくの間、互いを見つめ合った。

とりあえず、助かった……らしい。

寒気や吐き気が徐々に引いていく。口がきけるようになると、オレはやっとの思いで口を開いた。

「悪い……助かっ――」

「真っっっっっっっっっっっっっ赤な嘘《うそ》だから」

「は?」

意味不明の宣言をしつつ、暁月はオレの隣に――さっきまでお姉さんがたが陣取っていたポジションに座り込んだ。

「カノジョとか、完全に嘘だから。未《いま》だに彼女ヅラしてるわけじゃないから。心配しないでよね」

ぶっきらぼうに言いながら、「ん」と缶コーラを差し出してくる。

オレはそれを受け取りながら、ふっと、思わず唇を綻ばせた。

「オレさあ」

「なに？」

「お前以外の女子と遊ばねーようにするわ」

「へあぁっ？」

　暁月は素っ頓狂に裏返った声を零《こぼ》し、目を白黒させる。

「えっ、は？　なっ、にゃに？　ど、どゆこと？」

「仕方ねーだろ。オレに冷たく当たりながらオレとつるんでくれる女子が、お前くらいしかいねーんだから」

「あ……ああ。そういうこと……」

「もし告白でもされようもんなら、身体がどうなるかわかんねーわ、マジで」

　缶コーラのプルタブを引き、甘い炭酸を喉に流し込む。寒気と吐き気が、それで綺麗に洗い流された。

　暁月が膝を抱えながら、ジト目でオレを流し見る。

「うっざ。自分がどんだけモテると思ってんの」

「実際モテるんだよなあ、さっき見た通り」

「引っかけやすい童貞に見えただけでしょ」

「年上にまで好かれちまうオレの罪深さよ。来年、先輩になったら、今度は年下にも気を付けねーとな」

「言ってろ自意識過剰」

暁月は自分のペットボトルのキャップを開けて、炭酸飲料を口に含む。

炭酸、昔は飲めなかったのにな。

泳ぎといい、コミュ力といい、メンヘラといい……こいつの成長力には、素直に感心する。

いずれはオレのほうが、置き去りにされるのかもな……。

「見捨ててくれるなよ、ナンパ避け」

「……巨乳に鼻の下伸ばしてたくせに」

「伸ばしてねーよ！　オレの真っ青な顔色見てねーのか！」


なんだかんだあったが、その後は楽しく水遊びをして過ごした。

浮き輪でぷかぷか浮いて流れるプールの波に乗ったり、水中プロレスで雌雄を決したり
――それに、ウォータースライダーも二人で滑った。

昔、泳ぎの練習に付き合った頃は同じくらいだった体格は、今や大きな差がついている。

スライダーのスタート地点で前後に座ると、暁月の身体《からだ》はオレの脚の間にすっぽりと収まってしまった。

「なんかコースから吹っ飛んでいきそうだな。軽すぎて」

「怖いこと言うな！」

暁月は、オレの手を自分のお腹《なか》の前に回して、……呟《つぶや》くように言う。

「……ちゃんと、捕まえてて」

「了解」

注文通り、細いお腹をぎゅっと捕まえておいてやったおかげか、暁月が遥《はる》かな空へ吹っ飛んでいくこともなく、無事に下まで滑り降りることができた。

小学生の頃の宿願を、ようやく果たしたってわけだ。

――と、ここで終われていたら、いい思い出だったんだが。

「ね、ねえ……ちょっと、あれ見て、あれ！」

「ん？　あれって――うげ」

オレが顔を顰《しか》めたのは、夕方、そろそろ帰ろうとシャワールームに向かったときのこと。

列にもなってなくてラッキーと思っていたら……プールのほうからヤバいものが近付いてきた。

クラスメイトだ。

見覚えのある顔触れ。小癪《こしやく》なことに、男女入り混じったグループで遊びに来ていたらしい。

オレと暁月が二人でいるのを、奴《やつ》らに見られたらどうなるか？

言うまでもない。勉強合宿のときのノリがぶり返し、今度こそ収拾不可能になる。

「やっべえ……！　隠れるぞ！」

嘘ついて隠すほどの恥じゃねーとは言ったが、それは節度をわきまえてくれる相手に限った話。どうやら連中もシャワールームに用があるらしく、まっすぐオレたちに近付いてくる。どこかに……どこかに隠れねーと……！

「さっさと入ればいいでしょ！　こっち！」

「おおっ⁉」

迷っているうちに暁月に手を引っ張られる。

どこに行くのか、と思いきや、暁月は空いたシャワールームの扉を開き、オレをその中に押し込んだ。

続いて、自分も入ってくる。

バタン。

即座に扉が閉められ、「ふう」と暁月が息をつく。

「あっぶなー……」

「（いや、この状況のほうが危ねーだろ！）」

オレは思わず小声で突っ込んだ。

試着室くらいの狭い密室に、オレたちは二人で押し込まれている。ほとんど抱き合わなきゃいけないような広さで、身動きするのもままならなかった。

「(し、仕方ないじゃん！　他に思いつかなかったんだから！)」

「(別々のシャワールームに入ればよかっただろうが！　空いてるんだからよ！)」

「(あ)」

「(アホか！)」

そのとき、がやがやと話し声が扉の外から聞こえてきて、オレたちは口を噤《つぐ》んだ。

オレは扉から見て奥側の壁に背中をつけ、暁月はオレの胸板に頬《ほお》を押しつけるようにして抱きついている。息を潜めると、今度は自分の鼓動がうるさくなった。明らかに速くなった拍動に、胸に顔をつけた暁月が気付かないはずがない。

「(シャ……シャワー。シャワー出して)」

「(お、おう……)」

確かに、シャワーを出してないと変だよな。オレは後ろ手につまみを捻《ひね》る。降り注ぐお湯がシャアアアッと水音を立て、鼓動の音を少しだけ誤魔化《ごまか》した。

乾きかけていた身体が、再びお湯で濡《ぬ》れていく。

暁月のポニーテールが首筋に張りつくのが見えた。それと同じように、細い腰に回したオレの手の指が、肌に吸いついていく。昔からそうだ。こいつは抱き締めると、小柄で、華奢《きゃしゃ》で、守ってやりたい心地になる。そのくせ力を込めると、想像以上の芯の強さで、オレを受け止めてみせるんだ……。

「なあなあ。お前、誰狙い？」「えー？　俺はそんなんじゃねーって」

扉のすぐ外から声が聞こえて、思わず身を強張《こわば》らせた。腰に回した腕に力が入って、濡れた肌と肌がさらに密着した。「あっ」と暁月が小さく声を零す。

「格好つけんなって！　夏休み中に彼女作るって言ってたろ？」「言ったけどさぁ。そんな焦んなくても良くねって気が……」「うわー、日和《ひよ》ってるコイツ！」

少しの声なら、シャワーの音が掻《か》き消してくれる。だけどオレは不安になって、暁月が声を出さないよう、その頭を摑《つか》んで自分の胸に押しつけた。暁月は驚いて、少しだけわたわたと手を暴れさせたが……すぐに大人しくなって、オレの背中に腕を回してくる。

オレの左脚が暁月の脚の間に滑り込み、暁月がオレの太腿《ふともも》の上に座るような格好になっていた。男との明確な違いを否応なしに太腿に感じるが、すぐに意識から追い出す。さすがにこの状況で、女との明確な違いを暁月に気付かせてやるわけにはいかない。

さっさとシャワールームに入ってくれよ。そしたら外に出られるのに……！

そう願っていると、声の一つが「そういえば」と言って、

「シャワールームってさあ、エロ漫画だと大抵、カップルがエロいことやってるよな」

ビクンッとオレたちの身体が跳ねた。

え、エロいことしてるわけじゃねーよ！　場所くらいわきまえるっつの……！

「おいバカ、誰か入ってるって！」「すみませーん！　こいつがアホで！」

腕の中で、暁月がもじっと身をよじる。顔を見る気にはなれなかった。いま見たら、たぶん、エラいことになる。

返事をしている余裕はなかったが、声はげらげらと笑いながら、それぞれシャワールームに入っていったようだった。

少しだけ様子を見て……オレが腰に回した手を緩めた瞬間、突き飛ばすようにして、暁月が身を離した。

当然の反応だな……。咄嗟《とっさ》のこととはいえ、抱き締めるような真似《まね》をしちまった。付き合ってる頃ならともかく、別れた相手に――ましてや、フッた相手にやることじゃねー。

シャワーが醸し出す湯気の中、暁月は扉に背中をつけて、俯《うつむ》きがちになっている。オレは素直に謝ろうとしたが、その前に、

「(……ご、ごめん……)」

暁月が濡れたポニーテールを唇に運び、表情を隠した。

「(これ以上は……我慢、無理だから……！)」

か細く呟いて、静かに扉を開き、オレを置いて出ていった。

シャアアア――ッと、シャワーの音だけが耳に落ちる。

……我慢。

我慢って。

「…………うぐ」

オレは天井に向けて口を開き、シャワーで念入りにうがいをした。

こっちの台詞《せりふ》だッ、馬鹿野郎!!

◆

帰りは当然ながら、気まずい空気になった。

「…………」

「…………」

バスにも並んで座ることはなく、前後の席に座った。

互いに会話は一切なく、数十分の間、ただ喧噪《けんそう》に耳を傾けた。

このまま硬い空気で別れることになるのかと思ったが……人間、生理的な現象には勝てない。

電車に乗り換えて、座席に座った途端、暁月がこくっと船を漕《こ》いだのだ。

さっきから眠たげに目を擦《こす》っていたのは気付いていたが、とうとう限界が来たらしい。

そりゃあ、あれだけとんでもねー勢いで泳いでたら、眠たくもなるだろう。

対面の座席に座ろうとしていたオレは、考えを変えた。

暁月の隣に腰を下ろして、言う。

「肩、貸してやるよ」

暁月はこっちも見ずに、

「ん……ありがとぉ、こーくん……」

ふにゃふにゃした声でそう言って、オレの肩に頭を預けた。

すぐに耳元に寝息が聞こえてくる。

……はあ。まったく、自分の無駄に世話焼きな性根に腹が立つ。

プールになんてついてこなければ、余計な苦労を背負いこむこともなかっただろう。平和にぐだぐだと今日という日を過ごせていたはずだ。

でも、まあ、たぶん。

それよりも……この世話の焼ける幼馴染みの相手をしてやった今日のほうが、楽しかっただろうことは、確かで。

――どうやら、オレも、結局。

この女を見捨てちまうことは、できそうにないらしい。

　中学生で初恋というのは、世間一般的には遅いらしい。

　幼稚園の頃に先生に、とか、小学校の頃に同級生に、とか、あるいは——気付いた頃には親戚に、とか。

　そういうのが大半で、中学生にもなるまで片想《かたおも》いの一つもせず、しかも初恋がいきなり成就した人間というのは、極めてレアな存在らしい。

　……まあもちろん、中には高校一年生になるまで恋愛感情のれの字も知らなかった子もいるわけだけれど。

　そういう人は例外で。

　思春期を迎えるまでに、恋愛感情を自覚する人が普通で。

　だとしたら——伊理戸水斗《いりどみずと》だって、私の前に、誰かを好きだったのかもしれない。

……器が小さいのはわかってる。

それは不義理でも不道徳でもないし、第一、今の私には何の関係もないことだ。

だけど――だけど。

私は、夢を見ていたのだ。

中学二年の夏休みから一年半――あるいは、今現在に至るまで。

私にとっても、彼にとっても、あの蜜月の日々こそが、人生で初めての恋だったのだと。

たとえ終わってしまった恋だとしても。

初恋という特等席には、ずっと私が座っているのだと。

……我ながら、本当に気色悪いわね。

面倒で、厄介で、重くて、弱くて――

――こんな女に惚《ほ》れた男がいるなんて、まったく信じられないわ。


「…………うう～……」

私は薄い障子に身を隠しながら、己の情けなさに打ち震えていた。

そっと顔を出して覗《のぞ》き込《こ》むのは、薄暗くて埃《ほこり》っぽい書斎。

その奥で、古い本の山に埋もれるようにして座っているのは、私の義弟にして元カレ、伊理戸水斗だ。

簡単なことだった。

峰秋《みねあき》おじさんに、ちょっと手伝ってほしいことがあるから水斗を呼んできてくれ、と言われて、私はここにいる。

だから、話しかければいい。『峰秋おじさんが呼んでるわよ』と、一言、声をかけるだけでいい。

なのにもう何分も——あるいは、何十分も——私は、天敵に追われる小動物のように、こうして身を隠しているのだった。

読書に集中しているらしく、水斗はこれっぽっちも私に気付かない。

そろそろ気付けという気持ちと、気付かれたらどうしようという気持ちが相半ばして、胸の中でぐるぐると渦を巻いていた。

戻ってしまった。コミュ障に……。

中学の頃までは、人に話しかけるのに何十分も躊躇《ためら》うのは当たり前、職員室に入るなんておよそできるはずもなかった私だけれど、それは恋愛という最高効率の訓練でもって、克服したはずだった。

暗い性格は生まれつきだから直しようがないと諦めているけど、コミュニケーション能力については大幅な改善ができたという自負があった。

なのに、なんというザマ……。

原因は、業腹ながらはっきりしている。昨日、川からの帰りに聞いたことしか、思いつかなかった。

――よく、笑う人だったかな
懐かしむようにそう語った水斗が、いったい誰の顔を思い浮かべていたのか……。わざわざ、確かめるまでもない。

初めて会ったときからしていた予感は、当たっていた。

水斗が初めて恋をした相手は――

「――あれ？　結女《ゆめ》ちゃん、何やってんの？」

びくんっ、と肩を跳ねさせて、私は振り返った。

赤縁眼鏡をかけ、真っ白なワンピースを着た美人――円香《まどか》さんが、不思議そうに私を見ていた。

……白ワンピース。

二十歳になってもこういう服が似合っちゃうの、すごいなあ……。

じゃなくて、不審な行動の言い訳を考えないと……！

「あ、いやー、そのぉ……ちょ、ちょっと、ぼーっとしてただけです……」

結局、上手《うま》い言い訳は思いつかなかった。

私のコミュ力はいよいよ、底辺まで衰えてしまったらしい。

「えー、大丈夫？　気を付けてねー。この家、クーラーない部屋多いし」

あっつー、と言いながら、円香さんは自分の首の辺りを手で扇《あお》いだ。

ワンピースから覗いた首筋に汗が浮いていて、何だか色っぽい……。

「えーっと……あ、いたいた」

私を通り過ぎた円香さんは書斎の中を覗き込むと、あっさり、

「水斗くーん。おじさんが呼んでるよー？」

この数十分、私ができずにいたことを、やってしまった。

「ん」

水斗は短く答え、本を閉じて顔を上げ、

「……ん？」

円香さんの隣にいる、私の姿に気が付く。

「いたのか」

「……わっ、悪い？」

あまりにもばつが悪くて、思わず喧嘩腰《けんかごし》になってしまった。

いつものことだと思ったのか、水斗は特に気にすることなく、

「何か用か？」

用……は、あったんだけど。

つい、今しがた、なくなってしまった……。

「な……何でもないっ！」

一方的にそう言って、私はぱたぱたと廊下を走り、書斎を離れた。

いや、逃げたのだ。

水斗と、円香さんから。

別に、何が変わったわけでもない。

私と水斗が義理のきょうだいであることも、かつて付き合っていたことも。

ただ……彼に、私の知らない過去があった。

そんな、当たり前なことに、今更気が付いただけで。

何だって言うの？

水斗が昔、円香さんのことが好きだったからって——私以外に好きな人がいたからって。

そんなの……今の私には、何にも関係ないじゃない。


「あ」

「……あ……」

長めの前髪越しに、竹真《ちくま》くんはつぶらな瞳を軽く見開いた。

逃げるように書斎を離れた後、家の中を意味もなく歩き回っていると、大きな和室の隅に縮こまってゲーム機を覗いている竹真くんを見つけたのだ。

同じ部屋の少し離れたところにあるテーブルには、竹真くんのお父さんを含むおじさんたちが、何やら世間話に花を咲かせている。

昼間から完全に一人になるのは寂しいけれど、話には混ざれないから距離を取っている……というところかな。竹真くんは人見知りだけれど、水斗ほど孤独を愛しているわけでも、東頭《ひがしら》さんほど我が道を貫いているわけでもないらしい。

私は少し親近感を覚えて、体育座りをした竹真くんを覗き込んだ。

「大丈夫？　クーラー寒くない？」

「だ……だいじょうぶ、です……」

蚊が鳴くような声で言って、竹真くんはゲーム機で顔を隠してしまう。

あらら。警戒されちゃったかな。竹真くんって、私が話しかけると、いつも耳を赤くしてそっぽ向いちゃうのよね……。

ええっと……親愛度を高めるには、隣から話すのがいいんだっけ？

昔読んだ本の内容を思い出しながら、私は竹真くんの隣に腰を下ろした。

竹真くんはぴくっと肩を震わせたけど、幸い、距離を取るようなことはしなかった。よかった。

「竹真くんは、ゲームが趣味なの？」

「し……趣味ってほどじゃあ……」

「私は小説を読むのが趣味なんだけど、何か本って読んだりする？」

「……こ、攻略本、とか」

「え？　なにそれ？」

「げ、ゲームの……クリアの仕方とか、データとかが、載ってる本……」

「面白いの？」

「……そ、そこそこ……」

「そっか……」

……話が終わってしまった。

ど、どうしよう……。小学生の男の子と何を話せばいいのかわからない……。

世代も性別も違うとなると、共通の話題があまりにも……多少マシになったとはいえ、美容師のような圧倒的コミュ力が身についたわけではないのだ。

話題……話題……世代も性別も関係ない、共通の話題……。

「ええーっと……好きな子とかいる？」

我ながら、安直なところに行ってしまった。

ザ・あんまり会わない親戚の人という感じだった。

これはまた反応が薄いだろうなあと思っていると、

「うえっ⁉」

竹真くんは、今まで聞いたことがないほど大きな声を上げて、ゲーム機から顔を上げた。

「す……好き……？」

「え？　うん、そうそう。好きな子。いない？　学校とかに」

「が……学校……」

竹真くんは急に声のトーンを下げて、ゲーム機に視線を戻す。

「が、学校には……いない、です」

「そうなんだ。可愛《かわい》い子いないの？」

「わ……わかんない。顔、あんまり、覚えてない、から……」

「あー、わかるわかる。そもそも顔見れないものね、人見知りだと」

こくこくこく！　と竹真くんはしきりにうなずき、全力の同意を示した。

あ、見つけた。共通の話題。

「お弁当の日にお箸を忘れて、先生に借りに行けなくて困ったり」

「（こくこくこく！）」

「遠足で山に登るとき、友達と話せないから全力で自然を楽しんだり」

「体育で二人組作れないのは決まってるから、自分以外で余りそうな人に目星をつけておくんだけど、結局自分からは誘えなくて誘われ待ち……」

「(こくこくこくこくこくこく!!)」

すごい反応だった。

目が輝いている。

どうやら、人生で初めて理解者を得たらしい。

円香さん、外見詐欺のガチ陽キャだものね……。人見知りに理解なさそう。

「学校、苦労するわよね……。人見知りは……」

「……はい……」

「何か困ったことがあったら言ってね。たぶん相談に乗れるから。えっと、連絡は……スマホ、持ってる?」

竹真くんはわたわたと慌ててポケットを探り、真新しいスマートフォンを取り出した。

おお、現代っ子。

「LINE……たぶん、わからないわよね、ID交換の仕方。教えてあげる」

嬉《うれ》しそうにうなずいて、竹真くんはスマホを渡してくる。人見知り特有の事情をいちいち説明しなくてもいいのが、本当に嬉しいらしい。

……私も、そうだったな。

水斗と初めて、交流を持ったとき。私が何も言わなくても、あっちがいろいろ察してくれて……。

初めて、まともに人と関わりを持てた気がした。

しかも、それが男の子だなんて、それまでの私には、とても想像できなかった……。

……あのときも、まだ、円香さんのことが好きだったのかな。

私が告白したときも、実は……。

「……はい、できた。やり方わかった？」

詮ない被害妄想を振り払うように竹真くんにスマホを返すと、竹真くんはそれを胸に抱くようにしながら、か細い——けれど、今までで一番はっきりした声で言った。

「れっ、連絡っ……しても、いい、ですか？」

私はくすりと笑う。

「できる？　自分から」

「……ううう……」

「あはは！　私も自分から連絡するの苦手！」

肩を縮こまらせる竹真くん。あー、可愛い。この可愛らしさ、少しでいいからあの無愛想男も学べばいいのに——

「――ご歓談中のところ失礼」

刺々《とげとげ》しい声がしたと思うと、壁際に座った私たちの前に影が立った。

見上げる。

水斗が、しらっとした冷たい目で、私を見下ろしていた。

「……ずいぶん仲良くなってるな」

その棘《とげ》のある声に、私は思わず身構えて、同じく棘のある声で返す。

「何？　悪い？」

「べつに。……年下には態度が違うんだなと思っただけだよ」

「は？　別に違わないけど？」

「そう思ってるんならそれでいいよ」

……何？　何なのこいつ？

言いたいことがあるならはっきり言ってよ。

そうやって、一人で何でもわかった気になるから……！

「……何の用なの？　嫌味《いやみ》を言いに来ただけ？」

「何の用でもないよ。ただ――」

鼻を鳴らしながら、嫌そうに、水斗は言う。

「――円香さんが様子見に行けって言うから、来てみただけだ」

その一言で、私の中の何かが切れた。

「……円香さんが言えば、何でも聞いちゃうわけ？」

「……、は？」

私が言うことには、すぐ嫌味を返してくるくせに。

素直に頼み事を聞いてくれたことなんて、一度もないくせに。

なんで。

なんで、円香さんの言うことは、そんなに簡単に――

「……用がないなら、どこか行ってよ」

声を荒げるのは、かろうじて耐えた。

「私なんかに構ってないで、大好きな円香さんと話してればいいでしょ」

水斗はしばらくの間、黙り込んで私を見下ろしていた。

それから、小さく溜《た》め息《いき》を零《こぼ》す。

まるで、私に見切りをつけるみたいに。

「じゃあな」

突き放すように告げて、水斗は去っていった。

私は、ただただ、自分の膝を見つめることしかできなかった。

「…………………」

隣から息を潜める気配がして、ようやく竹真くんの存在を思い出す。

竹真くんは怯《おび》えるような様子で、ちらちらと私の顔を窺《うかが》っていた。

「あ……！　ご、ごめんね、怖かったよね……」

私は慌てて笑顔を取り繕った。

ああもう、何やってるの、子供の前で……！

「今のはべつに、喧嘩《けんか》とかじゃないから。ホントに。いつものことなの」

言い訳を並べていると、気持ちが徐々に凪《な》いでくる。

そう――いつものことだ、この程度。

「だから……お父さんやお母さんには内緒ね？　私たちだけの秘密！」

しーっと、唇の前で人差し指を立てると、竹真くんはこくこくと何度もうなずいた。

それからなぜか、私の目から逃れるように俯《うつむ》きがちになって、ぎゅーっと自分の耳を両手で押さえつけたのだった。

『もしもーし。結女さーん？』

スマホ越しに脳天気な声を聞くと、なんとなく安心する私がいた。

「いきなりごめんね、東頭さん。いま大丈夫？」

『大丈夫……んっ！　ですよぉ……んっふ！』

「……本当に大丈夫？」

　変な声がときどき混じるし、声が近付いたり遠くなったりするんだけど。

『大丈夫でふぅ……はーっ。今、ちょっと、筋トレさせられてまして……』

「筋トレ？　東頭さんから最も遠い言葉のような……」

『お母さんが、休みだからってだらだらしてたら、せっかくのでかいチチが垂れるぞって……お前にはそれしかないんだからちゃんとしろって……じゃないとご飯抜きって……』

「前から思ってたけど、東頭さんのお母さん、なんか強烈じゃない？」

　娘に対して『お前にはでかい胸しか存在意義がない』って言う親、いる？

『はふーっ。腕立て五回もできました！　今日はおしまい』

「私でももうちょっとやってるわよ……」

『何のお話ですか、結女さん？』

　スルーされた。

　私は縁側から夏の空を見上げながら、しばし言葉を選ぶ間を取った。

「……いえ、ちょっと、どうしてるかなと思って。ほら、昨日の水着事件もあったし」

『おもいだしたくありません』

「普段、本人の目の前で結構なことやってる割には、気にするところは気にするわよね」

『だって恥ずかしいじゃないですか！　胸のとこに「東頭」っておっきく書いてあるんですよ！　子供っぽいじゃないですか！』

「……ちょっと待って。そこなの？」

『え？　そこ以外にどこがあるんですか？』

いやいやいや。

今にも溢《あふ》れ出《だ》しそうだった胸とか、水着が食い込みまくっていた股関節周りとか。

「東頭さんって、水斗に裸見られても気にしなさそうよね……。前はパンツ見られて顔真っ赤にしてたけど……」

『いやいや、裸は恥ずかしいですよ普通に』

「あ、そうなんだ」

『わたし、修学旅行とかでもお風呂休んでましたもん』

「……ああ、同性含めてなんだ」

水斗だからとか、男子だからとかじゃないんだ。

『結女さんとのお風呂ならちょっと考えますけど……。細いのに出るとこ出てて、ザ・美少女体型ですよね……うぇへへ』

「ちょっとキモいわよ、東頭さん」

『おっとすみません』

「……別に、大したことないわ、私なんか」

胸の奥から暗いものが湧き起こるのを感じながら、私はぽつりと言った。

「細いのは筋肉がないだけだし。胸とかは、努力でどうにかしたわけじゃないし」

『その発言、南《みなみ》さんに殺されますよ』

「あっ、危な」

水斗を追い返し、竹真くんとも別れ、……一人になって。

私……どうして、東頭さんに通話をかけたんだろう。

わかってもらえると、思ったのかな。

水斗のことが好きな、彼女なら——私の情けない、未練がましい気持ちを、共感してもらえるって……。

「……私、今、伊理戸のほうの田舎にいるんだけど」

『はい。知ってますよー。怪しい因習とかありました？　あるいは古くから伝わる物騒な数え歌とか』

「残念ながらどっちもなかったけど」

ちょっと期待したのは事実だけど。

「伊理戸家の、父方のほうの親戚が集まってるんだけどね」

『はいはい』

「実は、その中に……大学生の、すごく綺麗《きれい》なお姉さんがいて」

『おお？』

ちょっと奇妙な反応だった。

驚くでもなく、不安がるでもなく。

『もしかして、水斗君の初恋の人でしょうか？』

「……かもね」

『おおー……！』

「ねえ。それ、どういうリアクションなの？」

『ちっちゃい頃の水斗君、絶対可愛《かわい》いので。おねショタ、好物なので』

「うん……？？？」

何を言っているのかよくわからない。

『ただでさえ可愛い水斗君がちっちゃくなったら超可愛いですし！　超可愛い水斗君が綺麗なお姉さんにお世話されてたら、それはもう……スケベ！　超スケベです！』

わ、わからない……。

なんでこんなに興奮してるの、この子……。

「ショック、受けたりしないの……？　水斗に好きな人がいたのよ？」

『なんでですか？　あの無愛想な水斗君が、身近な年上のお姉さんに淡い想《おも》いを抱いていたとか、むしろときめいちゃうんですけど』

「そ、そういうものなんだ……」

う、うーん……。恋愛観というか、価値観が違いすぎて、一ミリも共感できない……。

『結女さんは』

淡々とした声で——東頭さんは、不意に告げた。

『わたしに、どういう反応をしてほしかったんですか？』

「……え？」

どくんと、心臓が跳ねた。

まるで……心の奥を射貫《いぬ》かれたように。

『いえ……何だかさっきから、欲しいものがもらえなかったような雰囲気だなあ、と思いまして。勘違いだったらすみません！』

欲しいものが——もらえなかった。

……ああ……。

私は……傷を、舐《な》め合《あ》いたかったのか。

東頭さんを、今の私と同じ気持ちにして——

傷付けて。

悲しませて。

　──同情、してほしかったのか。

　…………なんて、……浅ましい…………。

「……ごめんなさい。そういうつもりはなかったの……。ただの雑談だから」

『そうですか。それならいいんですけ──』

『──いさなぁーっ!!　ちゃんと筋トレしてるかぁーっ!!』

『ひゃうううわわわわっ!?』

　急に別の声が遠くから響いたかと思うと、東頭さんが奇声を上げながら、どたばたと物音を立てた。

「ど、どうしたの？　大丈夫？」

『お、お母さんの巡回ですぅーっ……！　す、すみません、結女さん！　わたしには、おっぱいの張りを維持する仕事がありまして……！』

「あ、う、うん。頑張って……？」

『それではっ！』

　通話が切れる。

　……東頭さんが変人なのって、もしかして母親譲りなのかな？

「電話終わった？」

「ひゃうわっ!?」

急に頭の上から声が降ってきて、私は東頭さんみたいな叫び声を上げてしまった。

頭上を見上げると、円香さんが眼鏡の奥から悪戯《いたずら》っぽい目で私の顔を覗《のぞ》き込《こ》んでいた。

「『ひゃうわっ⁉』だってー。かわいー♪」

「な……なんですか、円香さん……」

正直なところ、今はあんまり、話したくない相手なんだけど……。

円香さんは立ったまま、

「明日、お祭り行こうって話はしたよね？」

「あ、はい……」

明日には、駅のほうの街で大きな夏祭りがあるそうだ。

その翌日――つまり明後日《あさって》には帰ることになっているので、こっちでの最後のイベントということになる。

……尤《もつと》も、今の状態じゃあ、とても楽しむ気にはなれないだろうけど……。

「夏目《なつめ》お祖母《ばあ》ちゃんがね、明日着る浴衣貸してくれるんだよね～」

「そうなんですか」

「そうそう。だからこれから、わたしと一緒に浴衣選んじゃおうぜ！」

「あ、はい」

……ん？

反射的に答えてしまったけど。

円香さんと一緒に？

今？

……二人きりで？

「よーし！　レッツゴー！」

自分の失着を飲み込みきれないでいるうちに、円香さんは私の手を引き、歩き出してしまった。


「ぎょうさんあるさかい、どれでも好きなもん着てってええでー」

そう言って、夏目さんは襖《ふすま》を閉めてしまった。

「ありがとー、お祖母ちゃーん！」

閉まった襖にそう叫んで、円香さんは「よしっ」と腰に手を当てた。

その前には、綺麗に折り畳まれた浴衣が何着も並んでいる。

その様は何とも華やかで、普段ならテンションが上がるところかもしれないけれど、今の私にはそんな余裕はありはしなかった。

「結女ちゃんはどういうのが好き？　細くて髪長いから、和服何でも似合いそうだな〜」

「私は……」

前に着たのは……確か、紺色の浴衣だった。

ただでさえ気まずいのに、なおさら気分が沈んでしまう。

前に浴衣を着たのは、去年の夏休みのことだ。

喧嘩《けんか》して、連絡を取らなくなって、夏休みなのに、何も約束できなくて。……それでも、あの男が勝手に来てくれていることに望みをかけて夏祭りに行った、あのとき以来……。

「結女ちゃん」

「うわっ！」

顔を上げると、間近から円香さんが顔を覗き込んでいた。

「……お祭り、苦手だったりする？」

ちょっと心配げに言う円香さんを見て、私はますますいたたまれない気持ちになる。

円香さんは悪くない。

水斗だって、悪くない。

悪いのは、私だけだ。

私が……弱いのが、悪いんだ。

「ちょっと……苦い思い出が、ありまして」

「そっかぁ。ま、お祭りなんて、トラブルが起こらないほうが珍しいしねぇ。はぐれて迷うは当たり前、コケたり擦り剝《す む》いたり靴擦れしたり、リスクの福袋だよ」

にひひー、と笑って、円香さんは事もなげに言う。

「わたしも彼氏とデートに行ったとき、いろいろやらかしたなあ～」

「……、えっ？」

あまりに自然だったから、一瞬、反応が遅れた。

ん？　んん？

今、なんて言った……？

「か……彼氏？」

「え？　うん。彼氏」

「い……いるんですか？」

「いるけど～？　え～？　いないように見えた？」

笑い含みに言う円香さんは、女の目から見ても綺麗で、性格も明るくて魅力的で。

そりゃあ、いないわけがない。

まったく考えてなかった。親戚のお姉さんとして認識していたからか。それとも……。

「ち……ちなみに、いつから……？」

「ん～？　まあ一応、大学に入ってからってことになるから……一年半くらい前からかな。

高校の頃はまた別の彼氏がいたんだけど」

「なんか合わなくて』って。

「そうそう。そいつとはなんか合わなくて、すぐ別れちゃったんだけどねぇ。にひひ」

お洒落《しゃれ》な赤縁眼鏡をかけた、古書店の店員でもしてそうな知的な顔で、『なんか合わな
くて』って。

外見詐欺にも程があった。

親戚という関係じゃなかったら、たぶん私とは関わらないタイプ……。

「そんなに驚かなくてもいいじゃ〜ん。わたしは大人しいほうだったんだよ？　周りの友達、もっとヤバかったし。高校三年間で二桁行ってる子とかさ。その点、わたしは二人だけで、ほら、全然大人しい」

「え？　二人……？　じゃあ大学に入ってからの彼氏は三人目……？」

「ああ、そいつはね。実は初めて付き合った彼氏で」

「三人目が初めて……⁉」

「ヨリ戻したんだよ〜。一回別れたんだけど、大学で再会して」

思わず、ぎくりと全身が強張《こわば》った。

ヨリを……戻した。

「それは……どうして、ですか？」

私は喉がカラカラになっているのを感じながら、声を絞り出す。

「一度別れたってことは……嫌いになったんじゃ……ないんですか？」

「そうなんだけど。ホントに無理、有り得ないって、思ったんだけど。そのときはね」

自嘲するように、円香さんは「にひ」と笑った。

「時間が経《た》って、再会したときにね……『まあいっか』って思ったんだよね。昔怒ってたことが、結構どうでもよくなってて」

「どうでもよく……？」

「そいつはね、ホントだらしなくて、頼《たよ》り甲斐《がい》なくて、マジでダメな奴《やつ》でさあー、そういうところがムカついて、別れちゃったんだけど。ほら、大学に入ると、人間関係がリセットされるっていうか、友達がいなくなっちゃうじゃん？　そんな中で再会してね、自然とまたつるむようになって……そしたら」

円香さんは鮮やかな青の浴衣を広げながら、

「だらしないところも、頼れないところも、マジでダメなところも……『もうそこはわたしがやるからいいよ』って、思えちゃったんだよね。むしろそこが可愛く思えてきたりして……」

「……あの、失礼ですけど……」

「うんー？」

「円香さんって、もしかして……ダメな人に引っかかるタイプ、ってやつですか……？」

「…………やっぱりそう思う…………？」

聞いた限りでは、そうとしか思えなかった。

「友達にもめちゃくちゃ言われるんだよね……。前に付き合ってすぐに別れた彼氏はさ、勉強もスポーツも何でもできる、カンペキーって感じの奴だったんだけど。あんまりにも隙がないから、逆に腹立って別れたんだよね。フッたときもめちゃくちゃ潔く身を引きやがって、超ムカついたなぁ……。わたしに執着ないんかいスカしやがって、って。前の彼氏は未練たらたらで泣きついてきたのに、って」

それこそ完璧に見える円香さんにも、意外と拗《こじ》れたところがあったらしい。

なんとなく安心する私がいた。

「まあ人間さ、お互いの何もかもが大好きとか有り得ないんだよねー」

姿見で浴衣を身体《からだ》に合わせながら、円香さんは言う。

「どんなに好きな相手でも、気に食わないところの一つや二つあるわけよ。だから世のカップルは別れるの。……でもさ、それを一度乗り越えちゃうと、だいぶ寛容になるっていうか。嫌いなところは依然として嫌いなんだけど、まあ仕方ないよね、みたいな、そんな感じになるんだよね」

「……仕方ない……」

「そうそう。今、わたし、その状態だから。この前も、彼氏がゲームに課金したいからお金貸してとかほざいてさ、ケツ蹴り飛ばしてやった。にひひひ！」

どんなに好きな相手でも、気に食わないところの一つや二つは、ある。

だから……世のカップルは、別れる。

円香さんの言葉が、重く重く、私の中に沈み込んだ。

……それはそれとして、円香さんの将来については、ちょっと心配なんだけど。

「だからさ、結女ちゃん」

自分の肩に当てていた浴衣を、今度は私の肩に当てながら、円香さんは微笑《ほほえ》む。

「水斗くんと何があったのか知らないけど……結女ちゃんも、細かいこと気にしなくて大丈夫だよ。世の中、どうでもいい奴とどっちかといえば嫌いな奴のほうが多いんだから、嫌いなところと同じくらい好きなところがある人なら、全然オッケーでしょ！」

考えてみれば、当たり前のこと。

だって、相手は生きた人間なのだから。

自分の理想や妄想が具現化した存在ではないのだから。

孤高で、自分にだけ優しくしてくれると思っていた人が、急に小さなことで嫉妬したりするのも、当たり前のことだし――

誰とも関わりがなくて、自分と出会うまでは完全な孤独の中にいた、そんな風に思っていた人に、初恋の人がいても――やっぱり、当たり前。

相手は、アイドルではないのだから。

同じ場所にいる、同じ立場にいる、ただの人間なのだから。

たかが嫉妬や初恋で幻滅していたら……キリなんて、ないのだ。

わかっている。

そんなことは——最初から、わかっているんだ。

「……別に、水斗が何かしたわけじゃ、ないんです」

俯《うつむ》くと、場違いに煌《きら》びやかな浴衣が、私の目に入った。

「私がただ……自分の小ささに、勝手に落ち込んでいるだけなんです」

私が、円香さんのような根明《ねあか》だったなら……いちいちこんなことで、ショックを受けたりはしなかったんだろう。

だって、そんな権利はない。資格もない。道理もない。

私という人間が、うんざりするほどにネガティブで、救いようがなく矮小《わいしょう》なのが、

……全部全部、悪いんだ。

「……んー」

円香さんは私の肩から浴衣を外して、困ったように小首を傾《かし》げる。

「結女ちゃん——ちょっとここ、埃《ほこり》っぽくない？」

「え？」

唐突な話題転換に、私は顔を上げた。

円香さんが、にひっと悪戯《いたずら》っ子《こ》のように笑う。

「浴衣選んだら、一緒にお風呂入ろうぜっ」


先に入っててと言われたので、私は軽く掛け湯をすると、広い湯船に肩まで浸《つ》かった。

水滴の付いた天井を見上げて、思考が止まっていることに気付く。

……何、この状況？

脱衣所のほうを見ると、磨《す》りガラス越しに、円香さんが髪を纏《まと》めているのが見えた。もう服は脱いでいるようで、メリハリの利いた綺麗《きれい》なボディラインが、シルエットで浮かび上がっている。

――何するって？　乙女同士の秘密の話♪

と言って、円香さんは楽しそうに笑っていたけど……。

私はお湯の中で、膝を抱えるようにする。

お母さん以外の人とお風呂に入るなんて……中学の修学旅行以来？

一対一となると、もしかすると初めてかもしれない。

な、何を緊張してるの……！　暁月《あかつき》さん相手でもなし！

「お待たせー」

がらりと扉が開いて、円香さんが浴場に入ってきた。

タオルで身体を隠すなんて甘えは、一切窺《うかが》わせない。

むしろ見せつけるようにくびれた腰に手を当てて、輝くような裸身を晒《さら》している。

水着のときから、そのスタイルの良さは明らかだったけど……腰は綺麗にくびれ、お尻はキュッと上がり、スラリと長い両脚は無駄なく引き締まっている。

何よりすごいのは、自己申告Fカップの胸だ。ブラジャーも水着もなく、一切の支えを失っているというのに、伏せた丼のような形をまったく崩していない。それでいて、身動《みじろ》ぎするたびにふるんと柔らかそうに揺れるんだから、物理法則がどうにかなっているんじゃないかと思える。

「どうよ？」

円香さんの渾身《こんしん》のドヤ顔に、私は素直に答えた。

「綺麗です……」

「ありがと〜！　結女ちゃんも超綺麗だよ？　細くて羨まし〜！　女子の理想体型だよね」

「い、いえ、そんな……」

私は身を縮こまらせる。円香さんに褒められるなんて、あまりに恐れ多すぎる。

円香さんは湯船からお湯を掬《すく》って掛け湯をすると、「ほら、ちょっと詰めて〜」と言って、私が入っている湯船の縁を跨《また》ぐ。

その際、思わず股間に目が行く私。

ちゃんと手入れがしてあるのは、やっぱり、その、見せる機会があるから……？

「ふう～」

円香さんが私と向かい合う形で肩までお湯に浸かると、ざぱあっとお湯が溢《あふ》れて、排水口に飲み込まれていった。

この家の湯船は広いほうではあるけれど、さすがに二人も入ると結構窮屈だ。私が体育座りにした脚が、円香さんの太腿《ふともも》にちょくちょく当たり、何だか無性にドキドキする。

「はあ～。解放された～って感じ」

そう言う円香さんの胸元では、白桃のようなおっぱいがぷかぷかお湯に浮いている。

あれほど大きいと、結構な重量だろう。

お風呂の中は、日常において、最もその重量から解放される瞬間に違いない。

「にひひ。そんなに気になる？」

私の視線に気付いて、円香さんは自分の胸を下から掴《つか》み、軽く持ち上げてみせた。

「触るかい？」

「え……い、いや、でも」

「お金取ったりしないよ～」

「……じゃ、じゃあ……」

無理に断るのも何だか失礼な気がして、私は恐る恐る手を伸ばす。

そうっと触れると、指先が沈む。そして離すと、まるで吸いつくように、指に肌がついてくる。

おお～……。人のを触るって、こんな感じなんだ……。

前から摑んでみたり、横から寄せるようにしてみたりしていると、

「──んっ」

円香さんが色っぽい声を出した。

じゃばばっ！　と、私は慌てて距離を取った。

「ご、ごめんなさいっ！」

「にひひひっ！　冗談だよ、冗談！」

び、びっくりした……。

こちとら女子と触れ合った経験が乏しいのだ。東頭さんがいる今、もしかすると水斗にも負けているかもしれない。

円香さんは湯船の縁で悠然と頰杖《ほおづえ》をついて、

「じゃ、のぼせる前に本題に入ろっか～」

と、宣言した。

「ここなら腹を割って話せるでしょ。裸の付き合いって言うしね」

「……割るお腹《なか》なんて、ありませんよ」

「あるでしょ～。水斗くんのこと、好きなの？　嫌いなの？」

単刀直入な問いに、けれど私は、即答を避《さ》けた。

かつて好きだったのは確かで。

かつて嫌いだったのも確かで。

……今は一体、どっちなのか……。

「あのね、ちょっと考えてみたの、わたし」

「何をですか……？」

「もしわたしだったら、って」

ぴちょん、と天井から滴った水滴が、お湯の表面を揺らした。

「もし自分が高校生のとき、同い年の男の子と一つ屋根の下で暮らすことになったら――すっごい大変だろうな、って。気を遣わなきゃいけないこといっぱいあるし、それに、どうしたって意識しちゃうだろうし……。おじさんたちは意外と無邪気に捉えてるみたいだけどね。あれは結女ちゃんと水斗くんの努力の成果なのかな」

実際には、円香さんの想像よりも、私たちの関係は複雑だ。

けれど……その特殊な事情がなかったら、きっと、今の家庭はなかった。

私と彼が、最初から互いを知っていたからこそ、今の平和な伊理戸家がある——最近は、そう思うこともある……。

「円香さんだったら、どうなると思いますか？　もし男子と暮らすことになったら……」

「えっ」

「相手によるだろうけど……まあ、水斗くんだったら、好きになるんじゃないかな」

あっけらかんと放たれた言葉に、私は目を瞬《まばた》いた。

「……そ、それは……水斗だったらっていうのは……」

「顔だよね。はっきり言えば」

「顔」

身も蓋もないことを言って、円香さんは「にひひっ」と笑う。

「だって可愛《かわい》い顔してるもーん。同じクラスにいるだけだったら気付かないかもしれないけど、一緒に暮らしてたら顔面の良さに否応なく気付くでしょ？　そんで、現実に結女ちゃんがさほどストレスなく暮らせてるってことは、性格的にも問題なし。そりゃもう意識しまくりよ。こうなったら地味な雰囲気もプラスに働くもん。『わたしだけが彼の良さを知ってる』って優越感には、あらゆる乙女が負け確なわけよ」

…………ぐう、の音も出ない。

身に覚えがありすぎる。

そんなわけないけれど、東頭さんも一緒に押し黙っている気がした。

「それは水斗くんのほうも同じだと思うけどな。同じ屋根の下に結女ちゃんみたいな美少女がいたら……それはもう、すごいことになっちゃうよ」

「すごいことって……？」

「十八歳になるまでは教えられないかなー♪」

耳が熱くなってきて、私は口までお湯に沈み、ぶくぶくと泡を立てた。

これまでの四ヶ月、致命的に気まずくなる場面には遭遇してこなかったけど、……やっぱり、あの冷血男にも、そういうの、あるのかな。

……あるんだろうな。エッチな小説持ってたし。

というか、危ないところだったときもあるし。

でも……それは、最初の頃の話だ。

まだ今の生活に慣れてなかった頃。

そして——まだ、東頭さんと、出会っていなかった頃。

「……別に、私じゃなくたって……彼は、大丈夫です」

お湯から口を出して、私は、自明な真実を口にする。

「彼には……私よりもずっと仲のいい、女の子がいますから」

「ああ、東頭ちゃんって子？　聞いた聞いた。元カノだか何だかで、夏休み入ってから家に入り浸ってるんだってね」

「元カノっていうのは、お母さんたちの勘違いですけど……」

「そうなの？　じゃあ何なの？」

「東頭さんは、彼の女友達で……前に彼に告白したんですけど、フラれちゃったんです」

「あー、なるなる。で、友達に戻ったんだ。そういうタイプかぁ」

「そういうタイプって？」

「たまーにいるんだよね。友情と恋愛の間を簡単に反復横跳びできる子。恋敵がそんな感じだとたまったもんじゃないよね。『フラれたなら素直に退場してくれ～！』ってね」

「い、いえ……東頭さんが悪いわけじゃないし……」

「それが厄介なとこなんだよなぁ。……っていうか、今、恋敵って認めた？」

「みっ、認めてません……！」

「強情な」

円香さんはからかうように笑って、

「どうせなら最初から最後までただの友達でいてくれればねぇ。これは誰か、余計な口出しをしてその子の恋心を煽《あお》った奴《やつ》がいると見たね」

「うっ」

「おっと？」

「…………すいません、私です…………」

「ますますややこしくなってきたな」

うーん、と円香さんは大きな胸を持ち上げるようにして腕を組んだ。

「なーるほど。その子を応援した手前、結女ちゃんが積極的にアプローチするのははばかられるなぁ……」

「……いや、そもそも、アプローチとか、する必要ないんですけど」

「でも、その子と水斗くんがベタベタしてたら、モヤモヤしたりするんじゃないの？」

「…………」

「はい図星ー」

「いやっ！　……でも、それは」

ただの——未練で。

付き合っていた頃の独占欲を、未《いま》だに引きずっているだけで。

「……せめて、東頭さんの告白が成功してたら、もっとわかりやすかったのかも……」

「結女ちゃん、さっきから言い訳ばっかりだね」

「え？」

頬杖をつきながら、円香さんは少し厳しい声で言う。

「水斗くんには他に仲のいい子がいるからって、それはさ、言い訳じゃないの？　『そうなれば自分と水斗くんが恋愛しなくて済む』っていう言い訳――」

私が。

あの男と。

恋愛しなくて――済む。

「これはわたしの勝手な憶測だよ？　それを念頭に置いて聞いてほしいんだけど……たぶん、結女ちゃんが一番大切にしてるのは、お母さんなんだよ」

「お母さん……」

「そう。結女ちゃんさ、自己評価がめちゃくちゃ低いよね。だから我慢するのが癖になっちゃってるのかな。由仁《ゆに》さんと峰秋おじさんが別れないように、って、そればっかり考えてるでしょ。そのために、水斗くんと付き合っちゃダメだと思ってる。まあわかるよ。社内恋愛さえ禁止にする会社があるんだから、ましてや家庭内恋愛の面倒くささたるや」

ま、わたしは血の繋《つな》がらないきょうだいができたことはないけどね、と円香さん。

「でもね、結女ちゃん。その言い訳、誤魔化《ごまか》しにはね、タイムリミットがあるよ」

「え……？」

「身内のことだから逆に気付きにくいのかな。でも『そのとき』はきっと来る。『そのとき』が来たら、おじさんたちのことは言い訳に使えなくなる。結女ちゃんも、水斗くんも、はっきり決めなくちゃいけなくなるんだよ」

いやに確信的な口振りに、疑問が口を衝《つ》いて出る。

「『そのとき』って……なんなんですか？　一体、何が起こるんですか……？」

「んー……それは、『そのとき』が来てのお楽しみ、かな」

にひ、と悪戯《いたずら》っ子《こ》のような笑みがあった。

「やってみたかったんだよね。こういう謎めいたムーブ」

曖昧に誤魔化してはいられなくなる、『そのとき』。

今の私には想像もつかない。

けれど、円香さんは無根拠に言っているわけじゃない――私が気付いていないだけで、それは誰の目にも明らかに、必ず来るのだと……そんな気がした。

「ま、夏休みの宿題と一緒だよ。締め切りが来て慌てる前に、コツコツ片付けたほうがいい」

んーっ、と円香さんは胸を張るように背筋を伸ばし、

「『そのとき』が来る前に、気持ちくらい定めておいたほうがいいんじゃない？　家族とか、友達とか、周りのことはいったん置いといてさ」

「でも……そんなの、どうすれば……」

「簡単じゃん。一緒にいてドキドキしたり、キスしたいなーって思ったり、そう思ったら好きってことでしょ？」

「……それって、でも、ただの性欲と何が違うんですか？」

半ば意地になっているのを、私は自覚した。

まるで何かを守るように、私は言葉を連ねる。

「そもそも恋愛感情だって、子孫を残そうとする本能の一部だし。ドキドキするのとムラムラするのって、具体的には何が違うんですか？」

「おっと。めんどくさいこと言い出したな。……うーん。とりあえず、恋愛感情は子孫を残そうとする本能とは別のものだよね。もしそうだったら同性愛全否定じゃん」

「……そう、ですね」

「恋愛と性欲は何が違うのか、かぁ……。たぶん、人類が何千年かかけて、ずっと悩んでる問題だろうけど。とりあえず、わたしの答えを言うとね――」

円香さんは湯船の縁に置いた腕に、しどけなく頭を寝かせ。

からかうように笑いながら――枕元で囁《ささや》くように、告げる。

「――わたしは、エッチした直後でも、彼氏の顔見て『好きだなー』って思うよ？」

「エッ……！」

思わず、未遂に終わったときのことや、お母さんたちがいないときに押し倒されたりしたときのことが思い出されて――私は、お湯の温度も感じないくらい、全身が熱くなった。

「にひひひ！　刺激が強すぎたかなー？」

ざぱっと音を立てて、円香さんは湯船から立ち上がる。

豊満な胸元から、まるで雨の日の庇《ひさし》みたいに、ぽたぽたと水滴が落ちた。

「今すぐに答えを出せっていうんじゃないよ。『コツコツ片付ける』って言ったっしょ？　そのためにも――とりあえず、変に避《さ》けるのをやめてみよう！」

「そ、そう言われても……」

それができたら、苦労はしてないわけで。

円香さんはまた、にひ、と笑った。

その笑い方が、私にはもはや、天使が吹き鳴らす終末のラッパのように感じられた。

「大丈夫。お姉さんに任せなさい！」


「それじゃあ、しばらくここで待っててね！」

円香さんはそう言い残して、ピシャリと障子戸を閉めた。

お風呂から上がった後、円香さんに連れてこられたのは、殺風景な部屋だった。

箪笥《たんす》と空っぽの本棚があるだけの、どうやら空き部屋らしい――畳が綺麗《きれい》なところを見ると、掃除はされているみたいだけど。

あれだけたくさんの人たちが泊まっているのに、まだ空き部屋があるのか……。つくづく大豪邸だ。

天井には古い白熱電灯があるけれど、灯《あか》りは点《つ》いていない。

紐《ひも》も垂れていなかったので、私はカーディガンの上から腕をさすりながら、電灯のスイッチを探した。

夏とはいえ夜は冷えるから、ちゃんと防寒対策はしておいてね——と円香さんに言われたんだけど、身体《からだ》が冷えるほど時間がかかることなのだろうか。どうやら、私と水斗の間を取り持ってくれるつもりみたいだけど……。

あ、あった。

私は壁にあったスイッチを入れる。

……けど、天井の電球は、光を放つ気配がない。

どうやら、この部屋の光源は、障子越しに射《さ》し込《こ》む月明かりだけらしい。

「——ここだよ、ここ」

その月明かりに、二人分の人影が映った。

一人は円香さん。

もう一人は……たぶん、水斗。

「ごめんね～、わたしが頼まれたことなのに！」

「……ここまで来たんだから、別にいいですよ」

「ありがと～！　たぶんすぐ見つかると思うから！」

どうやら、何か探し物を手伝ってもらう口実で連れてきたらしい。

なるほど……。そこに私も加えて、作業の中で自然に会話させようという段取りか。

さすが円香さん、上手《うま》い采配だ。

……やっぱり、円香さんの頼みはあっさり聞くのね。

「さあ、入って入って！」

障子戸が開く。

水斗は中にいる私を見ると、軽く眉根を寄せた。

けど、その背中をぐいぐいと円香さんが押して、強引に畳の上に足を進ませる。

「そこの箪笥の中に入ってると思うから！　結女ちゃんと探してね！　よろしくぅ！」

「……はあ」

曖昧な返事をすると、水斗はもう私には一瞥《いちべつ》もくれず、指定された箪笥に進んだ。

非常に感じが悪い。

一言、挨拶くらいあってもいいでしょ？

――と、突っかかりたくなる欲求を抑えつけながら、私も箪笥に向かおうとした。

そのときだ。

「――あ！　あいたた！　あいたたたたたた～～っ！」

恐ろしく白々しい声を上げ、円香さんがお腹《なか》を押さえたのだ。

「きゅ、急にお腹が〜っ。ちょっと、トイレ、行ってくるね〜！」

あまりの大根演技に呆然《ぼうぜん》としているうちに、円香さんは廊下に出て、障子戸を閉める。

そして、室内の私たちに叫ぶのだ。

「わたし、三〇分は絶対に帰ってこないから！　おじさんやおばさんたちも、絶っっっっ対にここには近付いてこないから！　だから二人とも、わたしが帰ってくるまで絶対、絶っっっ対に、この部屋を出ないでね！」

それじゃ！　と、とても腹痛に苦しめられているとは思えない軽い足音を立てて、円香さんは去っていった。

「…………………」

「…………………」

月明かりだけが照らす暗い室内を、痛々しい沈黙が包む。

——へ、下手くそ〜〜〜〜っ!!!!

さっきの『さすが円香さん』を返してほしい。こんな雑なセッティングある？　東頭さんだってもうちょっと丁寧に気を遣ってくれるわよ！

円香さん……意外にも、嘘《うそ》がつけないタイプだったらしい。

「……はあ。そういうことか……」

溜《た》め息《いき》をついて、水斗が取り出しかけていた書類を箪笥に戻した。

連れてこられた理由が方便であることに気付いたんだろう。

「三〇分か……」

水斗はポケットからスマホを取り出して時間を確認する。この部屋には時計がない。

それから、比較的明るい障子戸の近くに腰を下ろすと、そのままスマホをいじり始めた。

円香さんのセッティングに、乗るつもりは皆無らしい……。

「……何か、言いたいことはないの？」

私の静かな問いに、水斗はちらりと視線を寄越《よこ》して、

「それは、君のほうだろう」

視線はすぐに、スマホに戻る。

「僕が何でも気を遣ってやらなきゃいけない義理は、もうないんだから」

その通り。

腹が立つくらいの正論。

付き合っていた頃なら、関係を維持するために譲歩することもあったかもしれない。

でも、私たちはきょうだいで。切っても切れない関係で。

無理に頭を下げなきゃならない理由はどこにもない。

だから、話を切り出すべきは、悪いと思っている、……私。

でも――わからなかった。

どう話しかければいいのか。

今、私の中で何が問題になっていて、どうすればそれが解決するのか。

今日で、この家に来てから三日目。

一日目は、古い書斎で、この男のルーツに初めて触れた。

二日目は、親戚に混じって寄り添って、家族としての立ち位置を見つけ出せた気がした。

なのに三日目で……自分の器の小ささを、思い知って。

そう。私はこういう人間だ。

ネガティブで、臆病で、不寛容な、度量の小さい人間だ。

きっと、水斗もうんざりしているだろう。

結局、中学のとき別れたのだって、私の器の小ささが直接的な原因だったのだから。

思い出しても、思い出しても、私が悪かったことばかり。要領が悪かったり、察しが悪かったり、態度が悪かったり、対応が悪かったり――今、こんな状況になっているのも、ほとんど私の自業自得じゃない。

だから――とうに忘れていなければならない気持ちを、いつまでも引きずる羽目になる。

――ああ……そっか。

なんとなく、わかってきた。

何が問題なのか。どう解決すべきなのか。

私が今、彼と何を話せばいいのか。

でも、勇気がいる。

読書中の水斗に話しかけることより、水斗のルーツに触れることより。

だって、これは、傷を切り開くようなものだから。

治りきることもなく、かさぶたのまま私の心にぶら下がっている傷を、無理やり引っ剝《ひぱ》がすようなものだから。

それでも、私が、私たちが、未来に進むためには――

――初恋という名の傷を、受け入れなければならない。

私は、壁際に腰を下ろした水斗の、すぐ目の前に座り込んだ。

水斗は、スマホから顔を上げない。

だからこそ――私は、二度と使わないはずだった呼び名を口にする。

「伊理戸くん」

スマホをいじる指が止まった。

「伊理戸くん」

困惑の瞳が、ちらりとこっちを見た。

「伊理戸くん」

私は、向き合うべきだったんだ。

対峙《たいじ》するべきだったんだ。

胸の中にしっかりと残っているこの感情に、悟ったフリなんかせず、乗り越えたフリなんかせず。

放置していくことなんて、できるはずもなかったんだから。

「伊理戸くん。伊理戸くん。伊理戸くん――」

もっと――もっと、呼びたかった。

もっと、たくさん。

もっと、いっぱい。

一年半なんて、短いよ。

夏休み、一緒に過ごしたかったよ。

二回目のクリスマスも、バレンタインも。

三回目も、四回目も、五回目も。

もっと、ずっと、一緒にいたかったのに――

「――伊理戸、くん――」

唇が震えて、舌がもつれた。

呼び足りなかった。

全然、呼び足りなかった。
こんなに、こんなに呼んでも、全然、全然――
「――いりど、くん――」
別れよう、と。
そう言われたとき、肩の荷が下りたような心地がした。
もう終わるんだ。
やっと終わるんだ。
この苦しい気持ちが、悲しい気持ちが、寂しい気持ちが。
心の底から……そう、思った。
なのに。
有り得たはずの出来事が脳裏を過《よ》ぎる。
過ごせたはずの時間が脳裏を過ぎる。
作れたはずの思い出が、脳裏を過ぎる。
きっと楽しかった。
きっと幸せだった。
たとえ苦しくても、悲しくても、寂しくても、その瞬間ができるなら。
ああ――

――別れなければ、よかった。

後悔する。

別れてから、きょうだいになってから、初めて、はっきりと――後悔する。
あんな喧嘩《けんか》、どうにでもなったはずなのに。
やっぱり好きだなって思い直すのは、簡単だったはずなのに。
一緒に遊んで、そばにいれば。
どちらかが譲歩して、夏休みに電話をすれば。
クリスマスにプレゼントを用意すれば。
バレンタインにチョコを作れば。
――別れようって言われたときに、嫌だって答えていれば。
機会はいくらでもあった。
無限にあった。無数にあった。
そのすべてを、私は見逃した。
優しい伊理戸くんが何とかしてくれるんだって……愚かにも、そう期待して……。
バカだ。私は本当にバカだ。

新しいクラスとか、友達とか、受験勉強とか、全部全部、何もしない言い訳。

本当に一番欲しかったものは、別にあったくせに。

そんな風に逃げてばかりいるから、今更になって、未練を醜く拗《こじ》らせる羽目になるんだ。

「――伊理戸くん――」

答えてくれなくても構わない。私が勝手にきりを付けるだけ。

答えてくれなくても構わない。この気持ちの波を乗り越えれば、きっと私も前を向ける。

答えてくれなくても構わない。だってあなたの言う通り、そんな義理はどこにもない。

だから泣くな。同情を誘ってしまう。

だから泣くな。慰められたりしたら、結局また元通り。

だから泣くな。

涙を拭ってくれる人は――私が自ら、捨てたんだから。


「――綾井《あやい》」


一瞬、幻聴かと思った。

だって……彼はもう、その呼び方は、してくれないはずで。

けれど、次の瞬間、指が優しく私の頬《ほお》を拭って、現実だと知った。

「……今だけだぞ」

膝立ちになって、水斗が、手で触れられる距離に来ていた。

「今だけ……昔に戻るよ、綾井」

その後ろの畳の上に、電源の切れたスマホが転がっていた。

この部屋に時計はない。

スマホしか、時間を確認する方法はない。

今日が、何年で、何月で、何日なのか——

私も水斗も、わからない。

「……う……ぁあっ……！」

私は嗚咽《おえつ》を零《こぼ》し——次の瞬間。

水斗の身体《からだ》に、全力で抱きついていた。

「伊理戸くん——伊理戸くんっ、伊理戸くん、伊理戸くん——‼」

「綾井」

優しく呼び返して、水斗は私の背中を優しく撫《な》でる。

たぶん、謝ることもできたと思う。

あのときは変な嫉妬をしてごめん、って。仲直りできなくてごめん、って。

そうして……この一年間を、最初からやり直すことだって、できたんだろう。

でも、私も、彼も、それをしようとはしなかった。

だって……終わったことだから。

全部全部、終わったことだから。

終わったからこそ、始まったことだって、あったんだから。

この一年を……なかったことにすることは、できない。

失恋した傷を、フッた当人に慰めてもらった東頭さんのことが、今なら少しだけわかる。

この未練は。膿《う》んだ傷は。

同じものを持っている人としか、舐《な》め合《あ》えない。

私が同情し合うべきは、東頭さんではなく——

——世界にただ一人、伊理戸くんしか、いなかったんだ。

私たちは、月明かりの中で、しばらくの間、抱き合っていた。

キスはしなかった。

だって、私は元カノで、彼は元カレだから。


「あと五分くらいか」

水斗が電源を入れ直したスマホを見て、そう呟《つぶや》いた。

円香さんが宣言した三〇分まで、残り五分。

あれほど雑な立ち回りを見せた円香さんなら、数分前後することもありそうだけど……。

泣き疲れた私は、壁に背中を預けて、手鏡を覗《のぞ》いていた。

うわあ……見事に目が赤くなってる……。これじゃあ泣きまくったのが丸わかりだ。

「で、結局」

隣に座った水斗が、立てた膝に腕を置きながら言う。

「何が気に入らなくて、僕を避《さ》けてたんだ？　未《いま》だによくわからないんだが」

あ。……そういえば、何にも話してないな。

水斗の視点から見ると、私は急に昔の呼び方を始めて、急に泣き始めた女だ。

……よくもまあ、あんな対応ができたな。

超能力者か？　察しがいいにも程がある。

そういうところが――うん。好きだった。

昔の話だけど。

「……別にいいじゃない。私の中では、一応、消化できたし」

「僕の中では消化不良なんだよ。お腹《なか》の中でごろごろしてるんだ」

「そのまま出しちゃえば？」

「便秘なんだ。誰かさんのせいでストレスが激しくてな」

嫌味《いやみ》な言い方。

そういうところは嫌いよ。昔からね。

「……ふうー……」

私は細く息をつき、暗い天井を見上げて、腹を決めた。

「……初恋」

「は？」

「あなたの初恋が、円香さんなんだと思ったら……なんか、ムカついた」

あーもう、恥ずかしい！　こんな黒歴史、本人に説明させないでよ！

どうバカにされるのかと恐々としながら、隣をちらりと窺《うかが》った。

すると。

水斗は訝《いぶか》しげに眉根を寄せて、首を傾《かし》げていた。

「初恋……？　円香さんが？　僕の？」

「えっ？」

これ……本気で、困惑してる？

「ち、違うの……？」

「円香さんのことを好きになった覚えなんてないが」

「で、でも、男子は親戚のお姉さんを好きになりがちって……」

「ただの一般論だろ、それは」

「いやっ……そ、そうだ。円香さんの言うことはほいほい聞いちゃうじゃない！　私が何か頼もうとしても無視するくせに！」

「それは、円香さんが強引だからだろ」

呆《あき》れたように溜《た》め息《いき》をつく水斗。

「君だって半ば無理やり、この部屋で待たされてたんじゃないのか？」

「……あ」

確かに。

「円香さんは唯一歳の近い親戚だったから、確かに昔からよく話しかけられたけど、好きとか、そういうのはまったくない。むしろ空気を読まずに絡まれて鬱陶しく思ってたくらいだよ」

今はもう慣れたけどな、と水斗。

「昨日、変な質問をされたなと思ってたら、そんな勘違いをしてたのか……。君って奴《やつ》は、基本スペックは悪くないはずなのに、肝心なところでポンコツになるよな」

「ぐう……」

今回は、本当に、私が悪いだけだった。

ミシッ、と誰かの足音が遠くから聞こえた。円香さんが戻ってきたのかもしれない。

水斗が立ち上がって、月明かりを浴びながら、私を見下ろした。

「もう大丈夫か、結女」

聞こえよがしな呼び方に、私もまた返す。

「ええ。ご心配どうも、水斗」

仲良くなったから呼び捨てになったわけじゃない。

ただ、苗字《みょうじ》が同じになってしまったから。

それだけの、味気のない、呼び方の進化。

「……ふふっ」

なぜだか無性に、おかしく思った。

今更ながらに、感じたのかもしれない。

こんなに大きくなってから、こんなに大きなきょうだいができるなんて――と。

「……ほら。だから言っただろ」

「え？」

急に呟いた水斗を見上げると、義弟は何かを誤魔化《ごまか》すように、足音が近付く障子戸を見つめた。

「――初恋は、よく笑う人だったって……言っただろ、アホ」

その瞬間。

私は、この部屋の電灯が点かないことを、心の底から感謝した。

元カップルは帰省する④　ファースト・キスが布告する

今となっては若気の至りとしか言いようがないけれど、私には中学二年から中学三年にかけて、いわゆる彼氏というものが存在したことがある。

本当に、楽しい時間だった。

ええ。もう意地になって否定したりはしない。

伊理戸水斗《いりどみずと》の彼女であった時間——少なくとも中学三年の夏休み前まで、私は本当に、幸せだった。

そのピークは——思い返してみれば、きっとあの日。

クリスマスでもない。バレンタインでもない。何も特別な日じゃない。

何でもない平日。

いつものように別々に教室を出て、わざわざ学校の外で合流して、一緒に下校した日。

付き合い始めて日にちも経《た》ち、手を繋《つな》いで歩くのにも慣れ始め——次のステップを、意識し始めた頃のこと。

『最初のキスはいつくらい？』

ゆうべ、ネットで見た記事の見出しが、私の脳裏に絶えず浮かんでいた。
●回目のデートとか、付き合って×ヶ月とか、そんな信用に堪えるかどうかもわからない曖昧な数字を思い返しながら、手を繋いで歩く彼氏の顔を、ちらちらと窺っていた。
そろそろ……なのかも、しれない。

ネットの記事に書いてあった条件は、大体クリアしているし。

そろそろ……しても、いいんじゃ、ないかなぁ？

歩き慣れた通学路のはずなのに、緊張して仕方がなかった。

手汗や力の入れ方で、手を繋いだ彼に気付かれてしまうんじゃないかって冷や冷やした。

それと同時に……この気持ちに気付いて、察して、彼のほうから切り出してくれることを、期待してもいた。

だけど、私はわかっている。

いかに愚かな私といえども、この頃になればさすがにわかっている。

伊理戸水斗は、自分からキスしようなんて、絶対に言わないだろう、ってことに。

ってことは、私から誘わなきゃいけないのかな……？

でも、そんなの、どうやって……？

そうしてまごまごすること十数分、いつも別れる場所まで来てしまう。

いつもなら、寂しいなんて思わない。
家に帰ってからもスマホで話すし、明日になればすぐに会える。
だけど、この日は——
——それじゃあ、また明日
伊理戸くんは軽く手を振って、背中を向けた。
その瞬間——完全に無意識だった。
私は咄嗟《とっさ》に手を伸ばし、伊理戸くんの腕を掴《つか》んだのだ。
——ん？
不思議そうに、伊理戸くんが振り返る。
私は……結局、何も言えなかった。
じっと。
じっっっっっ……——と。
彼の目を見つめ続けることしか、できなかった。
気付いて。
気付いて。
気付いて。
そう祈りながら——意を決して。

目を瞑《つぶ》り、んっと、顎を上げたのだった。

もう、これでスルーされたら、死ぬしかない。まさに背水の陣である。

心臓が破裂しそうなほど早鐘を打ち、身体《からだ》が石になりそうなくらいガチガチに固まった。

その数秒よりも長い時間を、まだ私は知らない。

目を閉じたのを失敗したと思った。

せめて目を開けていれば、伊理戸くんの様子を窺《うかが》いながら待てたのに、と。

でも、今更目を開けたら、きっとダメになっちゃうし。

あああ、どうしよ、どうしよ！　伊理戸くん、いるよね？　腕摑んでるもんね。大丈夫だよね⁉　私、一人で取り残されたり、してな――


ふわりと、唇に温かいものが触れた。


瞬間、全身を縛っていた緊張が、ほどけるように消えて。

暴れ狂っていた鼓動が、穏やかなリズムになって、全身を包む。

コツッと、歯が当たった。

それで、自然と、私たちは唇を離した。

私はようやく目を開けて――夕映えに赤く染まった、彼氏の顔を見た。

——……い

私は、心地のいい熱が顔に上るのを感じながら、唇をそれとなく手で隠し、

——意外と……難しい、ね

それから誤魔化すようににへへと笑うと、彼もまた、ほのかに微笑《ほほえ》んでくれた。

——……これから、上手《うま》くなろう

この瞬間だ。

私の人生において、一番幸せだったのは。

これから、この人と、何度でも、いつまでも、こんなことができるんだ。

そう思うと、こんな気持ちがあっていいのかってくらい、心がふわふわしたのだ。

私は家に帰ると、その日の日付を、スマートフォンのパスワードにした。

そうすることによって、この最高に幸せな気持ちが、永遠に続くような気がしたのだ。

……そんなわけないのにね。

あらゆる物事には、絶対に終わりがあるのに。

ある意味これは、象徴的なエピソードだった。

私という人間は、自分がしたいと思ったことでさえ、人任せにしてしまう。

——そんなだから。

あなたは、一人で夏祭りに来ることになったのよ——綾井結女《あやいゆめ》。

◆　伊理戸結女　◆

「結女ちゃん……いいッ！」

浴衣を着た円香《まどか》さんが、私の身体を爪先から頭の先まで舐《な》め回《まわ》すように見て、興奮した目つきで言った。

「この細さ、まるで和服を着るために生まれてきたかのようなスタイル……！　いい！　完璧！　大和撫子《やまとなでしこ》っ!!　ねえ、今度、大正浪漫っぽいのも着てみない!?　コスは用意できるから！」

「い、いえ……浴衣で充分です……」

私は円香さんの勢いに若干引きつつ、姿見に映った自分を見た。

水斗との初デートは夏祭りだったのだけど、あのとき着ていった浴衣は、紺色を基調とした落ち着いた色合いのものだった。

けれど今回、半ば強引に円香さんに選ばされたのは、白い生地に赤い花柄をあしらった派手な浴衣だった。

「まさに地上に咲いた花火！　こりゃあ今年の花火大会は大失敗だっ！　みんな結女ちゃんを見ちゃうからねっ!!」

「いや、あの、……馬鹿にしてます？」

「素直な気持ちなのにぃ……」

唇を尖《とが》らせる円香さんは、反対に紺色の生地の、夜闇に溶けてしまいそうな浴衣だった。曰《いわ》く、「わたしは黒子に徹するよ！」らしい。

「さあさあさあ。行こう行こう行こう。水斗くんが待ってるよ〜？」

「なんで水斗が出てくるんですか……」

「オーケーオーケー。結女ちゃんがどう言おうと、わたしが反応を見たいから行く！」

着付けを手伝ってもらった手前、強く拒否することもできず、私はぐいぐいと円香さんに背中を押されて、玄関を出た。

門の外で車が待っている。

お祭りは駅のほうの街でやるので、峰秋《みねあき》おじさんが車を出してくれることになっているのだ。ついでにお母さんとデートするらしい。

その手前で、水斗と竹真《ちくま》くんが待っていた。

玄関を出てきた私たちを、二人が振り返る。

円香さんは二人の前まで私を押し出すと、私の肩越しに顔を出して、にまあっと笑いながら水斗に視線を送った。

「どうかな？　どうかな？　綺麗《きれい》でしょ〜？」

水斗は、いつもの眠たげな目で私を眺めた。

私の浴衣姿を値踏みするように――

――ねずみ色の浴衣姿で。

「……しゃ、」

「ん？」

怪訝《けげん》そうな円香さんに構わず、私は浴衣を着た水斗に向かって、ふらふらと近付く。

「しゃっ、写真っ……写真撮ってもいい⁉」

浴衣似合う――――――っっっ‼‼

何っ？　何なのこの男⁉　和服を着るために生まれてきたの？　細身な骨格や撫《な》で肩《がた》、身体のラインのすべてが、シンプルな無地の浴衣を美しく見せる！　き、記録しないとっ……私のスマホの中で保護しておかないと……‼

水斗は目を眇《すが》めて、一歩私から距離を取った。

「……なんかキモいから嫌だ」

「なんでよ！　全然キモくないでしょ！　この世に並ぶ者なき格好良さじゃない‼　たとえあなたでも、あなたの浴衣姿をあんまり馬鹿にすると考えがあるわよ‼」

「君の話だよ！　キモい以外の形容があるか‼」

罰当たりな奴《やつ》！　もう勝手に撮るから‼

巾着袋からスマホを取り出す私の背後で、円香さんが苦笑いした気がした。

「わたしのこと全然言えないじゃん、結女ちゃん……」


「じゃあ、僕らは車を駐《と》めてくるから」

「みんな、気を付けてね〜！」

私たちを降ろすと、お母さんと峰秋おじさんを乗せた車は満車寸前の駐車場へと入っていった。

私は改めて、辺りの様子を見回す。

「人口が変わってる……」

「ねー。ビビるよね。あの限界集落からたった数十分でこの人口」

元々、駅周りは割と都会だなと思っていた。

商業施設の入ったビルが目立つし、人通りだって少なくない。だけど、それにしたって、ここまでではなかった。

歩道を埋め尽くす人、人、人。

一様にある方向に動く人波には、通り抜けられる隙間さえもない。

一体どこにこんなにたくさんの人がいたんだろう。

「このお祭りは、ここらでは割と有名なほうだからねー。電車に乗って来る人もいっぱいいるから。もちろん京都のお祭りほどじゃないけど」

「花火が上がるんでしたっけ。そんなにすごいんですか？」

「なかなかのもんだよー？　それに、縁日やってる神社のご利益がご利益だからねえ」

「ご利益？」

円香さんは「にひ」と意味ありげに笑った。

「え・ん・む・す・び♪」

「………………私には関係ありませんね」

「え～？　縁結びって、別に恋愛成就だけじゃないんだけどな～？　誰との何を想像して関係ないって言ったのかな～？　お姉さんに教えて教えて～？」

「……うぐ……」

だ、だんだんウザくなってきた……。

「にひひ！　まあそういうわけで、この辺じゃ数少ないデートスポットになってるんだよね。別にお参りしなくちゃいけないってわけでもないし、普通に縁日を楽しんだら？」

言って、「ほら、竹真」と円香さんが竹真くんに手を差し出した。竹真くんは素直にその手を握る。

「はぐれたら面倒だからね？」

薄く笑いながら、チラッと私と水斗を見る円香さん。意図は明白だった。

水斗が軽く溜《た》め息《いき》をついて、

「はぐれるほど子供じゃないよ。万が一はぐれたら勝手に帰――」

言い切る前に、私が水斗の左手を摑《つか》んだ。

水斗は摑まれた手を見て、私の顔を見て、

「……どういうつもりだ」

「弟が迷子になったら姉の責任だもの。ね、円香さん？」

「その通り！」

私は円香さんと顔を見合わせて、くすくすと笑い合った。

この程度のことで意地を張り合う段階は終わったのよ、水斗くん？

水斗はばつ悪げに視線をそっぽに向けて、

「……わかったよ。繋《つな》いでればいいんだろ」

「素直に言うこと聞けてえらい」

「うるさい……」

私はくっと忍び笑いを漏らしながら、水斗と肩を並べて歩き出す。

昨日、水斗の前で大泣きしてからというもの、心が軽くなった気がしていた。

余計に背負っていたものを降ろせたというか……以前より屈託なく、水斗に接することができるようになった気がする。

元恋人という属性を外して捉えれば、この男も単なる、からかい甲斐《がい》のあるコミュ障だ。

案内役の円香さんと竹真くんを見失わないようにしつつ、私は隣の水斗に小さく尋ねる。

「今日、どうして一緒に来たの？　こういう人混み、大嫌いなくせに」

「好きな奴はいないだろ。……毎年、円香さんに無理やり連れてこられるんだよ。今はもう抵抗するのを諦めてるだけだ」

「ふうん……」

私の浴衣が見たかったんじゃないの？　というからかいの言葉を、私は呑《の》み込《こ》んだ。

浴衣と夏祭り。その二つに関する最後の記憶は、苦々しいものだ。

中学三年の夏休み。

その前に喧嘩《けんか》をしたことによって、私たちの関係はギクシャクし、せっかくの休みなのに何も予定を立てられなかった。

それでも、私は……一縷《いちる》の望みにかけて、浴衣を着て、あるお祭りに行ったのだ。

その日のちょうど一年前、この男と初デートをしたお祭りに。

もしかしたら、彼も来ているかもしれないと——そして私を見つけ出してくれるかもしれないと、そんな、おめでたい希望を抱いて。

結果は、わかりきっていた。

お祭りが終わるそのときまで、私は一人きりで過ごした。

きっと、この男は何も知らない——それが最後の、浴衣と夏祭りの思い出。

あの日の寂しさ、心細さ、終わりを感じた悲しみ——未練は消化できても、その傷だけは、一生、癒えないかもしれない。

人波に乗って神社の参道らしき場所に入ると、煌《きら》びやかな夜店がずらりと並んでいた。

たこ焼き、わたあめ、キュウリの一本漬け、チョコバナナ、お好み焼き、キュウリの一本漬け、焼きそば、唐揚げ、キュウリ、キュウリ、キュウリ——

「キュウリ多くない？」

「なぜか多いんだよね〜、毎年」

円香さんがけらけら笑いながら言う。

棒に刺したキュウリを何本もザルに並べているお店が、なぜか何軒も目に付いた。たこ焼きや焼きそばのお店と同じくらいある。そんなに需要あるの？

「二人とも、何か食べたいものある〜？　お祖母《ばあ》ちゃんから軍資金もらってるんだから、遠慮なく使っていきな〜！」

「夜店って、明らかに高いんだよな……。これならコンビニでも行けば、って気分になる」

「心配ご無用！　言っても田舎なので、意外とコンビニが見つかりません！　にひひ！」

高いことは否定しないんだ……。

まあ、こういうのは喫茶店のコーヒーと同じで、場所の雰囲気代が含まれているのだ。夜店で買うたこ焼きとフードコートで買うたこ焼きとでは、やっぱり種類が別物だろう。

「迷うなら、わたしの知り合いのお店行こっか。今年も出してるといいんだけど」

「え？　知り合い？　……円香さん、一年に一回しか来ないのよね？　この辺に住んでるわけじゃないのよね？」

「よく目に焼き付けろ。あれが本物の陽の者だ」

「私が偽物みたいな言い方やめてくれる？」

「事実じゃないか」

「だからやめてってこと！」

「臭いものに蓋をしても仕様がないぞ」

こちとらその戦法で高校生活過ごしとるんじゃい！

円香さんの先導に従っていくと、やがてある一つの屋台に辿《たど》り着《つ》いた。

「おっす～！　今年もやってるね～！」

「オ～、マドカチャン！　アイカワラズベッピンサンネェ！」

「にひひ～、どうもどうも」

……怪しいインド人だった。

わざとなんじゃないかってくらいベタベタの片言で話す、インド人のおじさんだった。

いや、肌が黒いっていうだけでインド人なのかどうかわからないんだけど……その人が円香さんと話しながら掻《か》き混ぜている鍋の中身が、カレーだったから……。

「ここのカレータンドリーチキン、美味《おい》しいんだよ。二人もどう？」

そう言う円香さんの横で、竹真くんが小さな手を伸ばして、小銭を謎インド人に渡していた。

「オ〜、チクマクン！　アリガトネェ！　ウチノカレー、インドデタベルヨリ、オイシイヨ〜！」

なんだこの日本人が考えるステレオタイプが実体化したようなインド人は……と思う私をよそに、竹真くんは特に物怖《ものお》じすることなく、カレーに浸《つ》かったタンドリーチキンを受け取っていた。どうやら慣れているらしい。

「じゃあ……せっかくなので」

「オッケ〜！　おじさん、二人分おくれ〜！」

「リョウカイヨ〜！」

勝手に水斗の分も追加されていたけど、本人から特に文句が出なかったので、大丈夫なんだろう。

程なくして、私たちの手元にもカレータンドリーチキンが来た。

浴衣を汚さないよう、気を付けて囓《かじ》ると、チキンの食感と共にスパイシーな風味が口の中に広がった。

「……あ、おいしい……」

「でしょー⁉　出すものは美味しいの！　言動は怪しいけど！」

「アヤシクナイヨー！」

円香さんも怪しいって思ってるんだ……。

私の隣では、水斗がもぐもぐと無言でタンドリーチキンを頰張《ほおば》っている。表情がまったく読めない。

「おいしい？」

「……まあ」

「はっきり言いなさいよ」

「…………………」

かえって黙り込んでしまった。そんなに私の言うことを聞くのが嫌か。

「うわっ、竹真。口の周りベタベタ。動かないでね。いま拭くから」

「じ、自分で……むぐっ」

円香さんが竹真くんの口をティッシュで拭く。竹真くんは恥ずかしいのか、じたばたと抵抗していた。バーベキューのときは私が拭いてあげたっけ。

ぼーっと眺めていると、円香さんがチラッとアイコンタクトを送ってくる。

……ハッ。

私ははたと振り返り、水斗の口の端にカレーがついているのを見つけた。

「水斗――」

「…………………」

私がティッシュを取り出そうとした瞬間、水斗はぐしっと指で頬を拭ってしまう。

くううっ、遅きに失した！　川のときは成功したのに！

「何のゲームをしてるんだよ、君は」

「だって、円香さんと同じことをすれば、私が姉ってことになるじゃない」

「ならないよ」

「なるの！」

今まで一人っ子だった私は、きょうだいというものを手探りでやっていた面があった。

だけどどうだ。円香さんというお手本があれば、簡単に姉的行動を取ることができる！

そうすれば、自然と周りが私を姉だと思うだろう。手本のいない水斗に同じことはできまい。ふふふ……。

「……にひ。なるほどねー……」

謎インド人のお店を離れて、参道を道なりに進んでいく。

人混みは自由に身動きが取れないほどで、それがずーっと先まで続いていた。先頭が見えない。

「あ、ほらほら竹真。射的あるよ。やるー？」

円香さんに言われ、竹真くんは射的屋さんのほうを見た。奥の棚に並んだ景品を見やり、

「あっ」と小さく声を上げる。

おそらく一番の当たりと思《おぼ》しき上の段に、ゲームソフトが置いてあったのだ。

……まあ、ああいうの、当たらないようになってそうだけど。

「や……やる……」

「よおーし！　お姉ちゃんと一緒に大当たり狙おう！」

お金を払って銃をもらうと、竹真くんはぐっと身を乗り出して、銃口をゲームソフトに向ける。

だけど、その銃身はふらふらと揺れていた。腕の筋力が足りないらしい。

あれじゃ当たりもしなさそうだなあ、と思っていると、

「あーもう。ほら、もっとしっかり持たないとー」

笑い含みに言いながら、円香さんが後ろから抱き締めるような格好で、竹真くんの腕を支えた。

「お、お姉ちゃ……一人で、できるよ……」

「遠慮しないで！　ほらほら、しっかり狙ってー？」

……きょ、姉弟《きょうだい》って、あんなに距離が近いものなの？

あんな、胸が、すごく当たってるし、耳に、息を、吹きかけるような距離で——あ、でも、そうか、姉弟だから、そんなの気にするわけが——

ポンッ、と竹真くんが持つ銃から弾が出た。

けれど残念ながら、それはひょろひょろと横に逸《そ》れて、何の景品にも当たらずに、地面に転がった。

「あー、ざんねーん」

「……うう……」

「うーむ。このままでは終われないなあ。……というわけで、水斗くん！」

いきなり指名された水斗が、ぴくっと眉を上げる。

「竹真の仇《かたき》討《う》ち、よろしくぅ！　結女ちゃんもサポートしてね？　あ・ね・と・し・て♪」

にひ、と笑う円香さんの顔を見て、私は嵌《は》められたことを悟った。

ま、円香さんっ……私がお手本にしてるって聞いて、わざと……！

「……仕方ないな。じゃあ一回だけ」

水斗は気付いていないのか、残念そうな竹真くんをちらりと見て、射的屋のおじさんに小銭を渡してしまった。

銃を手に、屋台に身を乗り出す水斗。

その後ろで固まっていると、円香さんがすすっと寄ってきて、耳元で囁《ささや》く。

「（どうしたのかなー、お姉ちゃん？　弟を助けてあげないとー）」

「（やっ、でもっ、あれはっ……！）」

「（あれぇ？　おかしいなぁ？　た・ん・な・る、弟に、後ろから抱きつくだけのことなのに、結女ちゃんは何を気にしてるのかな～？）」

ま、円香さん……性格悪い！

退路を断たれた私は、渋々ながら、水斗の背中に近付いた。

何の心配もなさそうならサポートの必要はないと言い訳も立つけれど、やはり運動不足のモヤシ男、竹真くんと同じくらい銃口がブレブレである。

このままでは竹真くんの仇は討てそうにない。

そ、そう……竹真くんのために……。

私は意を決して、後ろから手を伸ばして、水斗の腕を支えた。

「えっ……おい⁉」

「こ、こら、こっち見るな！　ちゃんと狙いなさい！」

振り向こうとする水斗を前に向き直らせる。

と同時に私は、浴衣の袖から伸びた水斗の手首に、そっと自分の手を沿わせた。

……細いけど、筋張ってて……やっぱり、女の子とは違う。

この男も、同じように思うのかな。

私に触れたとき……男とは違うな、って。

「ちょっと右にズレてない？」

「そんなことないだろ」

「ズレてるわよ！」

「うるさいな。これでいいか？」

「左に行きすぎ！」

そんな一悶着《ひともんちゃく》もありつつ——ようやく、照準が定まる。

あとは引き金を引くだけ。

……なんだけど……。

私は、屋台のカウンターに突いた腕が、ぷるぷると震えるのを感じていた。

極力、身体《からだ》が——特に胸が、水斗の背中に当たらないよう、腕を突っ張っていたんだけど……存外、照準を定めるのに時間がかかったせいで、力が……。

「よし……」

水斗が息を詰めて、指に力を込めた。

その瞬間だった。私の腕に限界が来たのは。

「あっ」

——先に言っておこう。

確かに私たちは中学生の頃、それはもう発情期の猿みたいに隙あらばキスしていた。それは事実だ。

だけど、誓って、それ以上のことは——つまり、その……触ったり……触らせたり……そういうことは、まったく、まったく、したことがない！

思わず肘が曲がり、姿勢が下がり——

——ふにっと、水斗の肩甲骨の辺りに、私の胸が、触れた。

「!?」

瞬間、水斗の身体がびくりと跳ねて。

直後、ポンッと銃口から弾が飛び出した。

本来の狙いよりだいぶ上に逸れた弾は、ぴゅーっと緩い山なりの放物線を描く。

「あー」

後ろで円香さんが残念そうな声を上げた。

み、ミスったぁ……。これは私のせいだ……。

と、思ったのも束《つか》の間《ま》。

ポスンッ、と。

山なりに飛んだ弾が、狙ったゲームソフトの下の段にあった、白いウサギのキャラクターのぬいぐるみに当たった。

ぽとりと、ぬいぐるみが棚から落ちる。

「おっ、当たったねぇ！」

射的屋のおじさんがぬいぐるみを拾って、「ほい！」と水斗の銃と交換する。

私たちはその、スポーツ少年みたいな雰囲気のウサギのぬいぐるみを、しばらく無言で見つめた。

「……最後の、わざとか？」

水斗がぼそりと言う。

「わ、わざとなわけないでしょ……！　腕が疲れて……」

「そうか。義理のきょうだいが痴女じゃなくて安心したよ」

「痴っ……⁉　そ、そっちこそ、何を反応してるのよ……！　このくらい……東頭《ひがしら》さんで、慣れてるはずでしょ……⁉」

「……君とあいつじゃ違うだろうが」

「へ？」

「東頭は何とも思わずにくっついてくるけど、君は緊張が伝わってくるんだよ。少しは落ち着け！」

「なっ……！　そ、それじゃあ、私が東頭さんより男慣れしてないみたいじゃない！　あなたが敏感になりすぎなんでしょっ、ムッツリスケベ！」

「はいはい、二人とも。お店の前じゃ邪魔だからね～」

円香さんに背中を押されて、いったん参道から外れる。暗がりになったそこでは、しゃがみ込んでたこ焼きや焼きそばなどを食べている人が何人もいた。

私は改めて、ウサギのキャラクターのぬいぐるみを抱えた水斗を眺める。

「似合わなー……」

「いちいち言わなくてもいいんだよ。心の中に留《とど》めるってことができないのか君は」

「ぷすっ。いいんじゃない？　ちょっと親しみやすくなるかも」

「持ち歩きはしないだろ！　心に闇を抱えてるタイプのロリキャラじゃあるまいし！」

その例えはよくわからなかったけど、まあいずれにせよ、水斗とぬいぐるみの取り合わせが悪い。東頭さんも、水斗の部屋にこんな可愛《かわい》いのが置いてあったら、『え？　ギャップ萌《も》えですか？　あざとすぎません？　今時そんなベタなの流行《はや》りませんよ』とでも言うだろう。

と思っていると、竹真くんが水斗の腕の中のぬいぐるみをじっと見つめていた。

そういえば、元々は竹真くんの仇討ちだったっけ？

でも、男の子がこんな可愛いぬいぐるみ、喜ぶのかな……？

「ん？」

その視線に気付いた水斗が、目を細めてぬいぐるみの顔を見直した。

「ああ……あれか」

そしてそう呟《つぶや》くと、

「ん」

と、竹真くんに、ぬいぐるみを押しつけたのだった。

竹真くんは反射的にぬいぐるみを受け取って、大きな目を瞬《まばた》きながら、水斗の顔を見上げる。

「あっ……えっと……」

「僕はいらないから、もらってくれ」

ぶっきらぼうに言われて、竹真くんはぎゅっとぬいぐるみを抱き締めた。

「あ……ありがとう……」

うーん……似合う。

竹真くんは可愛らしい顔をしているから、ぬいぐるみがものすごく似合う。

それに、緩んだ口元を見るに、本当に欲しかったようだった。

私はこっそりと水斗に尋ねる。

「(なんでわかったの?)」

「(あのぬいぐるみ、ゲームのキャラなんだよ)」

「(え？　そうなの？)」

「(ポケモン。竹真がやってるのを見たことがある)」

ああ……言われてみれば。

嬉《うれ》しそうな竹真くんから、仏頂面の義弟に視線を移す。

「(意外とよく見てるんだ。全然喋《しゃべ》らないくせに)」

「(……あの性格だと、苦労するだろうからな)」

水斗は別に人見知りではないけれど、集団には馴染《なじ》めないタイプだ。

私が竹真くんに親近感を覚えるように、この男もまた、竹真くんを気にかけてはいたんだろう……。

だったら、ちゃんと話しかけてあげればいいのに。

実は竹真くんに尊敬されてるって知ったら、こいつ、どういう顔をするだろう？

「(あなた、お兄ちゃんとしても不器用なのね)」

「(『も』ってなんだ。僕がいつ不器用なことをした)」

「(ますます私の兄をやらせるわけにはいかなくなったわ)」

「(君に姉をやらせるよりはマシだろう)」

ホント減らず口。少しは竹真くんの素直さを見習ってほしい。

不機嫌ぶって鼻を鳴らす水斗の横顔を見て、私はくすりと笑みを零《こぼ》した。

「花火って何時くらいに上がるんですか？」

その後も、円香さんに連れられて夜店を回った。

たこ焼きやわたあめといった食べ物系はもちろん、金魚すくいをしてみたり、自動手相占い機なんて怪しさの塊に手を突っ込んでみたりもした。恋愛運絶好調とか抜かしやがったので、あの機械、ポンコツだと思う。

ゆっくりとだけど、神社の本殿にも近付いていて、どうやらお参りもできそうだ——縁結びの神様には、やっぱり用はないけれど。むしろ一発殴りたい。

ただ、この人出だと、先に場所を取っておかないと花火がまともに見えないんじゃないかなと思って、円香さんに尋ねてみたのだ。

「んー。確か八時だったと思うけど」

円香さんはロリポップキャンディーをちろちろと舐《な》めながら、

「場所取りは頼んであるから、心配しなくても大丈夫だよ」

「頼んである？」

「あ、おじさんたちだ」

唐突に円香さんが言ったので、私はその視線を追う。

と、社務所らしき建物の前で、お母さんと峰秋おじさんが、誰か知らない大人の人と話していた。

お母さんたちは確か、水入らずでデートするって言ってたはずだけど……。

「誰と話してるんでしょう？」

「誰だったかなー、あのお婆《ばあ》さん。ほら、ウチって一応、昔は地元の名士ってやつだったから。大人の付き合いが多いんだよねぇ」

じゃあお母さんが挨拶してるのかな。あるいは、たまたま顔を見かけて話し込んでるだけかも。私も行ったほうがいいのかな……？

「──あっ、結女ー！　水斗くーん！」

お母さんが私たちに気付いて、手を振った。

私は繋《つな》いでいた水斗の手をさりげなく放す。さすがにお母さんたちの前では面倒なことになる。

円香さんや竹真くんと一緒にお母さんたちに近付くと、

「ちょうど良かった！　祁答院《けどういん》さん、娘の結女です」

「あらあら。可愛らしいお嬢さんだこと。浴衣がとてもお似合いね。最近の若い方には珍しい……」

「ありがとうございます。伊理戸結女です……」

紹介がなかったから結局どこの誰なのかわからなかったけど、どこか上品な物腰のお婆さんだった。なんかセレブっぽい。

「嫁のもらい手に困らなそうで羨ましいわ。ウチの孫娘ったら、もう三〇近いのにまだフラフラして……」

「えー？　今時三〇なんて全然若いですよー！　大丈夫大丈夫！」

ついさっき『誰だったかなー』と言っていた相手に臆さず切り込んでいく円香さん。よく言えば勇敢だけど、悪く言えば無神経だった。その性格、ちょっとだけ分けてほしい。

「水斗くんにも、お父さん以外の家族ができたのね」

上品なお婆さんは、柔らかく微笑《ほほえ》んで私を見つめた。

「他人事《ひとごと》ながら、夏目《なつめ》から話を聞いて心配していました。あなたも環境が変わって大変でしょうけれど、水斗くんをよく見てあげてくださいね」

「……はい」

うなずきながらも、少しだけ、違和感があった。

まるで水斗が、誰かの支えがないと生きていけない、可哀想《かわいそう》な生き物みたいだ、と。

私の知る伊理戸水斗は、周囲とは絡まないけれど、その分、何でも一人で片付けてしまうタイプの人間だ。

可哀想な人だと思ったことなんて、一度もない。

本当に同じ人間のことを語っているのか、わからなくなった……。

「種里《たねさと》家の皆さんには、よく花火が見える場所を取ってあります。ご案内致しましょう」

「毎年ありがとうございます」

「結女や円香ちゃんたちはどうする？　花火まではもう少し時間があるけど——」

どうしようか、と思って、後ろを振り返った。

そのとき、気付く。

すぐそこにいたはずの水斗が、いつの間にかずいぶん離れていて。

すうっと——人波に溶けるようにして、いなくなったことに。

「……あ……」

逃げた、わけじゃない。

疎んだ、わけじゃない。

まさに——溶けた。

私にはそう見えた。

最初からいなかったかのように、水斗は世界から消え去った。

「あー……またいなくなっちゃったかぁ」

円香さんが遅れて気が付いて、困ったように眉尻を下げる。

「どうしてかな……。水斗くん、いつも花火の直前になると、一人でどっか行っちゃうんだよね」

そのときだ。

私の脳裏に、ここ数日のことが一気に蘇《よみがえ》った。

——初日。

水斗が宴会を辞するとき、峰秋おじさんは『ありがとう』と言った。

今ならわかる。きっとあれは、『付き合ってくれてありがとう』という意味。

あの宴会が、水斗にとっては楽しくない場であることを、実の父親であるおじさんだけは知っていたから。

——二日目。

水斗は徹頭徹尾、自分からバーベキューに参加しようとはしなかった。

ずっと、本の世界にのめり込んで、顔を上げることさえなく。

私が絡みに行ってようやく、その重い腰を上げた……。

——三日目。

水斗は竹真くんと話している私を見て、明らかに不機嫌になっていた。

まるでオモチャを取られた子供のよう。

だけど、竹真くんを悪く思っていたわけじゃない。だって——

——今日。

水斗は、親戚の人たちを無視していたわけじゃない。

事実、竹真くんのことをよく見て、気にかけていた。まったく無関心だったなら、ぬいぐるみを渡すなんて思いつきもしなかったはずだ。

まだだ。まだ思い出す。

——母の日に、実のお母さんの仏前で見せた無の表情。

——水斗の中にある自分の居場所が失われることを、何よりも怖《おそ》れていた東頭さん。

——その東頭さんを水斗がフッた理由、『席が埋まっている』。

そして。

——綾井
——……いや……

——実は、そろそろ、スマホの充電がヤバくてさ
あのとき、充電ができない環境にいたんだとしたら。

私はスマホを見た。

8月12日、午後7時26分。

そうだ。

そうだ、そうだ、そうだ。

私は知らなかった。あの頃の私は知らなかった。

二年前の私は。

この時期の彼が田舎に帰っていて、地元の夏祭りに足を運んでいたことなんて、知らなかったんだ。


『僕は、あなたに引き留めてほしかったのです。』


ただのクラスメイトだった頃。

彼女だった頃。

そして、家族になってからのこと。

いろんな立場で見た、いろんな伊理戸水斗が。

パズルのピースのように連なって、繋がって——立体感のある像を、結んでいく。

私は知らなかった。

恋人になった程度じゃ、わかるはずもなかったんだ。

人の在り方は、きっとすべてが、あるべくしてそのようになる。

彼にはどうしようもなかった。

すべては、自然の成り行きだった。

周囲がそう捉え、そう求め、そう語り。

自身さえもそれを認め。

伊理戸水斗という人間ができあがった。

だから、きっとそれは、抵抗だった。

往生際の悪い足掻《あが》きだった。

綾井結女というようすが、彼にとって、唯一の武器だったのだ。

何と戦うのかって？

決まっている。

神様が仕掛けたトラップ。

すなわち、運命である。


「……私」

だから。

彼と一緒に、その天敵に翻弄されてきた私は、自然と口にしていた。

「行ってきます」

それを聞いた円香さんは、すぐににひっと笑ってくれた。

「ん。行ってらっしゃい」

あのときの着信履歴は、まだ、このスマホの中に残っている。

◆　伊理戸水斗　◆

物心ついた頃から、実感がなかった。

何をしても他人事で。

何を見ても絵空事で。

人が人生と呼ぶもの、そのすべてが、モニターの向こう側にあるように感じられた。

別に『人間失格』を気取っているわけじゃない。

ただ、共感ができなかったんだ。

クラスメイトが喜んだり、悲しんだり、怒ったりしているときに、それを我が事のように感じることができなかった。

たぶん、知っていたからだろう。

よかったね。

可哀想だね。

そんな言葉をかけても、ただただ空虚でしかないということを。

だって、僕は何度も何度も聞かされてきた。

――無事に生まれてこられて、よかったね
――お母さんがいなくて、可哀想だね
何度も――何度も――何度も何度も何度も何度も。

知ったことじゃない。

僕には、本当に、知ったことじゃない。

ただ、普通にここにいるだけなのに、息をしているだけなのに、どうして褒められたり、憐《あわ》れまれたりしなくちゃいけないんだ？

わからない。

わからないから、僕の中にはただ、何もない穴が広がっていくばかりだった。

その穴の中を、見たもの聞いたもの、そのすべてが、音もなく素通りしていくのだ……。

そんな中……唯一、リアルに感じられたのが、文字の世界だった。

ひい祖父《じい》さんの『シベリアの舞姫』を初めて読んだときの衝撃は、今でも忘れられない。

全部白黒の文字なのに、そこにはどんな大作映画よりも色鮮やかな人生があり、感情があり、人間がいた。

何を見ても共感できなかった僕は、文字に変換された世界に触れて初めて、心を満たすものを知ったのである。

『舞姫』で人の弱さを知り。

『羅生門』で人のエゴを知り。

『山月記』で人のプライドを知って。

そして『こころ』で、人の心を知った。

現実と虚構の関係は、とっくに転倒している。

僕にとっては、虚構の世界のほうが本物で、現実の世界のほうが偽物だったんだから。

だから……綾井結女のことだって、最初は成り行きだったんだ。

話しかけたのは気紛《きまぐ》れで。

図書室で会うようになってからも、ずっとモニター越しに話しているような感覚で。

だけど……そう。決定的だったのは、やっぱり、初デートで夏祭りに行ったとき。

鈍臭いあいつがはぐれて、迷子になって、スマホ越しに泣き言まで言い始めて。

心底――イライラした。

こんなに弱い人間がいるのか。

他人がいないとまともに呼吸もできなそうな、こんな人間が。

きっと僕が見捨てたら、彼女は誰も知らない暗がりで、ずっと泣き続けているんだろう。

ああ――

――なんて、可哀想《かわいそう》なんだろう。


そのとき、ようやく、……自分に向けられていたものの正体を知った。

綾井が鈍臭いことも、弱々しいことも、誰かがいなければ何もできないことも、元から全部知っていたけど――でも、それはただの情報で。

小説を読んだときのように――否、それよりも強烈に、僕の心に焼きついたもの。

それが君だったんだよ、綾井。

僕にとっては、君だけが、リアルに感じられる人間だったんだ。

わかってる。きっと一時の気の迷いだ。脳が起こした錯覚だ。

すべてが終わった今なら、はっきりとそうわかる。

だけど――

――なぜか、あの頃の感覚がまだ、この魂に焼きついているんだ。

どうしてだろう。元に戻るだけなのに。

どうしてだろう。困ることなんか何もないのに。

昔の恋が、終わってくれない――

◆伊理戸結女◆

参道から外れたところに、細い分岐ルートがあった。

確証があったわけじゃない。

ただ、直感に衝《つ》き動かされて、私は人波を抜け、その道に足を踏み入れた。

一応、最低限、石畳で舗装されてはいる、森の中の小道。

慣れない草履でそれを抜けると、そこには、小さめの社があった。

辺りは、暗い。

縁日の明るさが嘘《うそ》のように、狭い境内は闇に包まれている。古い灯籠があったけれど、使われている形跡はなかった。代わりに、空から射《さ》す月明かりが、バスケコート程度の境内を照らしていた。

境内の中心を貫く、参道の先。

拝殿に上がる階段の中ほどに、伊理戸水斗は腰掛けていた。

水斗は、何をするでもなく、ぼーっと夜空を見上げている。

だから私は、存在を主張するように草履で石畳を踏み叩《たた》きながら、彼に近付いた。

「よっぽど暗いところが好きなのね」

たっぷり嫌味《いやみ》に。今の私らしく。

「もやしの生まれ変わりか何かなの？　さっきもオモチャの銃で腕プルプルしてたものね」

水斗の視線が夜空から私に降りると、その眉がかすかにひそめられる。

そうだ、こっちを見ろ。

疎んでもいい。嫌ってもいい。

だって私は、もうあなたの彼女じゃない。

「……わざわざ嫌味を言いに来たのか？　親戚にすら馴染《なじ》めない寂しい奴《やつ》だって」

「まさか。そんなの、とっくの昔にわかっていたことだもの。口に出すだけ時間の無駄よ」

「ふん」

一歩、二歩、三歩。

近付くごとに、彼の吐息を、匂いを、温かみを、強く強く感じてゆく。

身体《からだ》の弱いお母さんから、無事に生まれてこられたことが奇跡だなんて、私は思わない。

それは単に、頑張ったからだ。伊理戸河奈《かな》さんが、頑張って頑張って頑張って、子供を産んだから。生まれただけのこいつに、褒められる謂《いわ》れはない。

母親という存在を知らないことが可哀想だなんて、私は思わない。

確かに、父親のいない私は可哀想かもしれない。だって、知っていたから。家族が全員揃《そろ》っている生活を知っていて、それが突然、失われてしまった。そのときの悲しさを……

知っていたから。

でも、最初から知らないのは別だ。

彼は母親がいる生活を元から知らない。それを奪われたわけじゃない。

だとしたら、母親がいないから可哀想だなんて、そんなのは価値観の押しつけだろう。

恋を知らない人間に、恋したことがないなんて勿体《もったい》ないと、上から目線で言うのと同じ。

自分が知っているものを知らないからと、一方的な憐憫《れんびん》を押しつけているだけだ。

『よかったね』も『可哀想だね』も、全部、彼にとっては他人事。

自分の中から湧いてきたものじゃない。

人格にも量子力学のような観測者効果があるのだとしたら――他者の視線が、人を形作るのだとしたら――お仕着せの『母親のいない可哀想な子』というキャラクターは、彼の中で、巨大な虚無と化しているに違いない。

――ただ……なぜか、最後まで読めた
――生まれて初めて、自分の力だけで読み切った、物語だ……

とある作家が言ったという。『小説が書かれ読まれるのは、人生がただ一度であることへの抗議からだと思います』。

その通り、抗議だったんだろう。口下手な私が、すらすらと論理立てて推理を語る名探偵に憧れたように。彼は、勝手に虚無で埋め尽くされた自分の人生に抗議するために、自分以外の人生に魅了されたのだ。

伊理戸水斗は、何も持っていなかった。

よそからの借り物で、ひたすらに空白を埋め続けていた。

最初から知らないのは、可哀想じゃない。

悲しくも、寂しくもない。

何も持たない以上、何も失うことはできない。

けれど、たったひとつ、彼が失ったものがある。

それこそが唯一、彼にとっての奇跡であり、可哀想なこと。

だって、そうよね、水斗。

――失ったはずの恋《もの》が、こうして目の前に立っているんだから。


「……二年前」

拝殿の手前に座った水斗に歩み寄りながら、私は言う。

「夏祭りが、初デートだったわよね。私が迷子になって、通話で泣き言を言って……」

「は……？」

当惑する様子の水斗に、でも、私はもう恐れない。

「その何日後だったかしら。夜に突然、あなたから通話をかけてきたことがあったわね」

風が吹き、ざざあっと葉擦れの音が広がった。

「覚えてる。声の後ろからかすかに、木が揺れる音がした。……ここ、だったんだ」

あのときもあなたは、この人気のない社で、独りでいて。

でも、その年に限っては……私に、通話をかけてきた。

「あなた――」

くすりと、私は、二年前にはできなかった笑い方をする。

「――私のこと、本当に好きだったのね？」

今の今まで、告白したのは私からだと思ってた。

だけど……それは、間違いだったのね。

だって、いつも一人だった場所と時間に、私だけを招き入れようとしたんだから――その行為が告白じゃないのなら、いったい何が告白なんだという話だ。

水斗は、何も言わなかった。

仏頂面でそっぽを向く彼の前で、私はちらりとスマホを見て時間を確認する。

午後八時、って言ってたっけ。

私は水斗が座る階段に足をかけ、彼の隣に腰を下ろす。

距離感は、拳二つ分。

これが、今の私たちの、適正な距離。

「ねえ、覚えてる？」

星の光が散らばる空に視線を投じながら、私は口を開いた。

「付き合い始めて、初めて登校した日。私が恥ずかしがって、バラバラに学校に入ることになって。……あのとき、開き直って二人で教室に行ってたら、何か変わったのかしら？」

「…………」

答えはない。私は続ける。

「ねえ、覚えてる？　初めて休みの日にデートしたときは、私がミニスカートを穿《は》いていったわよね。妙にリアクションが薄いと思ったら、ふふっ、別れ際になって、外では露出を控えてほしいとか言って。意外と可愛《かわい》いところもあるんだなって思ったわ」

「…………」

「ねえ、覚えてる？　体育のサッカーでは、驚天動地の運動音痴ぶりを晒《さら》していたわよね。彼氏の活躍を楽しみにしていたのに、ひどくがっかりさせられたわ。まあ、親近感を覚えた部分もあったけどね」

「…………」

「ねえ、覚えてる？　中間テストの前には、一緒に勉強したわよね。隙あらばイチャついて、全然身が入らなくて。私があなたの消しゴムを保存したのもこの頃だったっけ……」

「…………………」

思い出が、とめどなく湧いてくる。

誰に押しつけられたわけでもない。

誰からの借り物でもない。

私たち自身が作った、思い出が。

「十一月だったっけ？　あなたが風邪を引いた私をお見舞いに来たの。今にして思えば、あなた、私のパジャマ姿が見たかったんでしょ？　本当にムッツリなんだから」

「…………………」

「期末テストで、中間のリベンジをしようとしたわよね。だから人目がある図書館で勉強して……なのに結局、我慢できなくて……ああもう、あのときは本当にどうかしてたわ。子供とはいえ、まさか人に見られるなんて……」

「…………………」

「クリスマスには、恋人らしいデートをして。でも、肝心なところで人見知りを発揮して、プレゼントを渡せなくて……。あなたが夜に家に来てくれたときは……うん。本当に、嬉しかった……」

「…………………」

「確か、春休みだったかな。あなたが、私を部屋に呼んだのは。私、すごく緊張したのよ？　でも、あなたは全然平気そうで……結局、最後まで何もしないし。そういう目的で私を連れ込んだくせにね。今思うと、よくあの頃の私にそんな気持ちになったわよね。自分で言うのも何だけど、完全に幼児体型よ？」

「…………」

「その他にも、古本屋巡りをしたり、席が隣同士になったときは人目を忍んでメモを渡したりしてたわよね。あれ、ちょっとドキドキして楽しかったな……」

「…………」

「ねえ」

物言わぬ元カレに、私は問う。

「初めてキスしたの――いつだったか、覚えてる？」

私は、覚えてる。

夕焼けに染まる通学路で、幸せな気持ちでいっぱいになった、あの日のこと。

たったの一度も、忘れたことはない。

隣を見る。

水斗は、茫洋《ぼうよう》とした瞳で、夜空を見上げている。

その唇が――小さく開いて。

「……一〇月の、二七日」

星空に投じるように、そっと呼気を吐いた。

「付き合い始めて……ちょうど、二ヶ月のときだな」

「やっぱり、覚えてた」

「わかってたのか？」

「だって、川で私のスマホのパスワード、解除したでしょう？」

「……日付をパスワードにするの、やめたほうがいいぞ」

「そんなこと言って。あんなにすぐ『１０２７』って入れたのは、自分でも使ってたことがあるからじゃないの？」

水斗は黙秘権を行使した。もう、その沈黙は、答えているようなものだ。

「そう、ちょうど二ヶ月だったわね。その機を逃すと、三ヶ月になるまで待つことになりそうな気がして、ちょっと焦ってた」

「僕はてっきり、雑誌かネットの胡乱《うろん》な情報を鵜呑《うの》みにしたのかと思ったよ」

「う。……ま、まあ、参考程度には見たけどね。参考程度には」

「でも、どうせ君のことだから、そういうマニュアルでもない限り、あんな大胆なことは一生できなかっただろうな」

「悪かったわね、マニュアル人間で！　彼女の健気《けなげ》な努力を褒めなさいよ！」

「えらいえらい。キス顔もいっぱい練習したんだな」

「なっ……なんで知ってるの……？」

「見ればすぐにわかったよ。君が初めてであんなに綺麗《きれい》にできるわけがない」

「失礼ね！　私でもたまには、アドリブが上手《うま》くいくときもあるんだから！」

「そういうときは大体、僕がフォローしてやってただろ」

「あー、恩着せがましい。そういうのはあえて言わないのがいい男なんじゃないの？」

「今さら君にいい男ぶって何の得があるんだよ」

「それもそうね。何のメリットもなかったわ。これ以上幻滅しようもないし」

「まったくもってこっちの台詞《せりふ》だな」

詰まることなく、止まることなく、すらすらと言葉が重なる。

私たちの、私たちだけの、誰に押しつけられたわけでもない言葉が。

「言い返したいんだけどな。初めて君がデートでミニスカートを穿いてきたときのこと」

「ああ。あなたがみっともない独占欲を剝《む》き出《だ》しにしたときのことね」

「それだよ！　あれは単に、君にミニスカートが似合ってなかっただけであって――」

「あー、はいはい。私のパジャマ見たさに家まで押しかけてきた人が何か言ってますねー」

「いや、あれはだな、一応は彼氏として見舞いに行っただけで」

「ふうん？　その割には今でも、パジャマで歩いてると視線を感じるんですけど？」

「それは本当にただの自意識過剰だろうが！」

「あっ、『それは』って言った！　『本当に』って言った！　やっぱり私のパジャマが見たかったんじゃない、ムッツリスケべ！」

「誰がっ……」

「あーあ。ヘタレな彼氏を持つと苦労するわよね。あなたがムッツリだったせいで初体験チャンスも逃すし」

「……あんなお互いにガチガチの状態でやろうとしても、どうせ失敗したよ」

「あっ……!?　言ったわね!?　言ってはならないことを！」

益体のない会話。

クラスメイト同士が教室でするような。

家族同士がリビングでするような。

なのに、ここまで辿《たど》り着《つ》くのに、私たちはどれだけかけたんだろう。

彼はどれだけかかったんだろう。

「ねえ」

「なんだ？」

「どうして、私を彼女にしたの？」

会話の継ぎ目に放り込んだ。二年間、ついぞ訊《き》けなかった質問を。

水斗は少し考える間を置いて、

「たぶん、君じゃなくてもよかったんだろうな」

「はあ？」

「こんなのは結局巡り合わせ、ただの偶然だろ？　もし仮に、君よりも先に東頭と出会ってたら……君と付き合うことは、なかったんだろうな」

「……そうね」

だって、必要がない。

先に東頭さんがいたなら、私が入り込む余地なんてありはしなかった。

「でも、現実には――僕が出会ったのは、君だった」

確かな声音で、水斗は告げた。

「単純な椅子取りゲーム、早い者勝ちの原則だ。理由があるとしたら、たぶんそれだけだ。……満足したか？」

「……うん」

椅子取りゲーム、早い者勝ち。

たまたま早く出会っただけ。

大いに結構。上等だ。

だって――きっとそういうのを、運命と呼ぶんだろうから。

「そろそろね」

「ん？」

「二年越しの、悲願でしょ？」

そして、私にとっては一年越しの。

去年の夏休み、希望的観測に縋《すが》っていた私のもとには、彼は現れなかった。

四月の水族館デートではぐれたときだって、見つけてくれたのは彼だった。

でも、今日——彼を見つけたのは、私のほう。

きっと誰も疑わない。

伊理戸結女が、綾井結女を超えたことを。


午後八時〇〇分。

スケジュールに遅れはなかった。


夜空の真ん中に、光の花が咲く。

どんっという鈍い音が、全身を震わせる。

私が、水斗が、極彩色の輝きに照らされて、とりどりに色づいた。

続けざまに弾《はじ》ける花火は、思った以上の迫力で。

なるほど、この古い社は、水斗しか知らない穴場だったのだろう。

どこよりも花火を綺麗に見られる場所を知っていながら、誰にも伝えることなく、毎年一人でこの壮麗な空を眺めていたのだ。

でも——ああ、ざまあみろ。

貸し切りは今年でおしまいだ。

「やっと——二人で見れたわね？」

極彩色に照らされる横顔に、私は悪戯《いたずら》っぽく言ってやる。

ホントに、本当に、わかりにくい。

面倒で厄介で意地っ張り。

こっちで察してあげないと何にもわからない。表情にも出ないし、言葉にも出さないし。

本当に、こんな奴《やつ》に彼女がいたなんて信じられない。

長続きしなくて当たり前だ。

一年半ならよく保《も》ったほうだ。

家族にでもならなくちゃ——こんな男のそばにい続けるなんて、できるはずもなかった。

「…………ああ…………」

でも、そのおかげで。

この男と出会ってから、一度だって見たことのなかった顔を、見ることができた。

「……………ああ………………」

呻《うめ》くような声は、花火の轟音《ごうおん》で掻《か》き消える。
同じように、花火の閃光《せんこう》が、境内の闇を、彼の表情を、強く強く塗り潰す。
だから——ここじゃないと、わからなかった。
一緒にこの場所にいて。
拳二つ分の距離を開けて、隣同士に座って。
間近からその横顔を見られる、ここじゃないと——

——水斗の頬《ほお》を伝う雫《しずく》に、気付けなかった。

ああ、思い出す。
私は果たして、何度彼の前で泣き言を吐き、みっともなく涙を流したか。
それに対して、彼の泣き顔を、一度でも見たことがあったたか。
だから、私の胸を訪れたのは、初めての気持ちだった。
ドキドキと胸が高鳴るわけじゃない。
ポワポワと幸せが湧き起こるわけでもない。
緊張で身体《からだ》が強張《こわば》るわけでも、顔を赤らめるでもなく、ただただ平常心のまま。
まるで抱き締められるように、暖かな熱が全身を巡っていく。

穏やかに、欲が疼《うず》いた。

そう、これは欲だ。人類の本能だ。

だから――確かめないと。

花火はそう長いものではなかった。

夜空を彩る光が消えて、境内に闇が戻ってくる。

輝きに慣れた目は闇をいっそう深くして、間近にあるはずの彼の姿さえおぼろげにした。

だから、前とは違って、声で言う。

「ねえ……こっち見て」

「ん？」

彼の頭のシルエットが動く。

ああ――ダメじゃない、そんな無防備に。

そんなに油断したら……取って食われても、文句は言えないわよね？

私は両手で、水斗の頭を固定した。

「っ!?　ちょっ――」

続きは、言わせない。

大丈夫。

暗くても、あなたの唇の場所なら、よくわかってる。

私の唇に、懐かしい感触が復活した。
顔は、右に少し傾ける。
歯が当たるなんて下手は、もうしない。
三秒に一回の息継ぎも、今回ばかりは必要ない。
だって、あなたを逃がしたくないから。
四秒——失った時間を、取り戻す。
五秒——一年前、連絡を取らなくなってから、今までの。
六秒——八月、九月、一〇月。
七秒——誕生日、クリスマス、お正月。
八秒——バレンタイン、ホワイトデー、卒業式。
九秒——義理のきょうだいになっちゃって。
十秒——別れたはずなのに、振り回されて。
唇を、ゆっくりと離す。
あったはずの時間が、埋まりきる。
私は現在に追いついて——

——なのに胸が、穏やかに鳴っている。

欲は、充分に満たされた。

できなかった期間の分は、完全に取り戻した。

胸に燻《くすぶ》っていた未練は……もう、どこにもありはしない。

暗さに目が慣れた。

驚いて固まった水斗の顔が、間近に見えた。

そうだ。驚け、戸惑え、悩み抜け。

あなたにとっては、まだ未練でしかないのかもしれない。

昔の恋でしかないのかもしれない。

今はそれでもいい。好きなだけ過去と戯れていればいい。

でも。

たとえあなたが、どれだけ綾井結女を好きだとしても——

——伊理戸結女《このわたし》が、絶対に、口説き落としてあげる。

今のキスは、宣言だ。

綾井結女ではなく、伊理戸結女として。

生涯二度目のファースト・キスが、あなたに宣戦布告する。

東頭さんをフッたときに言った、あなたの中の一人分の席——

——そこに居座っている女を、必ず蹴落としてやる、と。

私はくすりと笑うと、固まっている水斗を置いて、階段から腰を上げた。

それから、今まで背にしていたお社に目を向ける。

まさか、同じ男を二度も好きになるなんてね。

これも神様のトラップ——すなわち、運命か。

神様、てめえ。

……今は少しだけ、感謝してます。

「帰りましょ、水斗」

座りっぱなしの水斗に手を差し出すと、彼はぱちくりと目を瞬《まばた》いて、自分の唇にそっと触れた。

「え？　いや……」

「早く！　お母さんたちが心配するじゃない！」

まごつく水斗の手を取って、無理やり立ち上がらせる。

そのとき、後ろのほうでガサッと草が揺れた気がするけど……今は、珍しく狼狽《ろうばい》する水斗を引っ張るのに、夢中だった。


「――あ！　二人とも帰ってきたーっ！」

最後にみんなと別れた社務所まで戻ってくると、円香さんが待ってくれていた。

その背中の後ろには竹真くんの姿もある。……？　なんでかわからないけど、浴衣の裾に葉っぱが付いてる。

「あー、よかったー……。二人まで迷子だったらどうしようかと」

「え？　私たちまで……って？」

「実はさっきまで、竹真が迷子になっててね――いたっ⁉」

竹真くんが、何か抗議するように円香さんの背中を叩《たた》いていた。珍しい。あの大人しい竹真くんが暴力に訴えるなんて。円香さんも「何？　どしたん竹真？」と戸惑っている。

首を傾《かし》げつつも、円香さんは私と水斗をささっと見比べると、すすっと私の耳元に口を寄せてきた。

「（もしかして、上手《うま》くいった？）」

「（……第一歩は踏み出せたんじゃないかと思います）」

「（おおっ！　やるぅ！　何かあったらいつでも連絡してね！　わたしは応援して――）」

そのとき、竹真くんが円香さんのふくらはぎをげしっと蹴った。

「いたっ⁉　ちょっ、何よ、どうしたの竹真⁉　反抗期⁉」

竹真くんは、私と水斗をちらりと見ると、ぐっと唇を引き結びながら俯《うつむ》く。

どうしたんだろう……？　何か嫌なことがあったのかな？

そんな弟の様子を見て、円香さんは「あ」と口を開けた。

「え……？　マジ？　そういうこと？」

竹真くんは俯いたまま、浴衣の袖でぐしぐしと目元を擦《こす》り始める。

「あ、あ〜……それはなんというか、ご愁傷様というか……」

さすがお姉さん。竹真くんの意味不明の行動のわけがわかったらしい。

円香さんは弟の身体を抱き締めると、赤ちゃんにそうするように、ぽんぽんと背中を叩いた。

「大丈夫だよ〜、竹真。そういう経験がいい男を作るんだからね。わたしの彼氏みたいなダメ男にならなくて済むよ！」

静かに泣き続ける竹真くんを、辛抱強くあやす円香さん。

私はこっそりと、隣の水斗に質問した。

「（ねえ、何があったのかしら？　なんで竹真くん泣いてるの？）」

「（さあ……？）」

どうやら私たちは、本物の姉弟《きょうだい》には遠く及ばないらしい。

まあ、今の私にとっては、そのほうが好都合なんだろうけどね。

◆

別れは簡単なものだった。

「じゃーねー！　また遊ぼうねーっ!!　ほら、竹真も」

「…………………」

「いつまで不貞腐《ふてくさ》れてんの。ここでちゃんと挨拶しなかったら、連絡も取れなくなっちゃうかもよ？」

種里邸の門前で車に乗り込む前に、竹真くんはお姉さんに背中を押されて、おずおずと私の前に進んできた。

「あ、あの……」

そして、ちらりと窺《うかが》うように私の顔を見上げてはすぐに目を逸《そ》らすのを繰り返し、

「うん。なに？」

「……そ……相談とか、しても、いい……ですか……？」

人見知り同士、相談があったら聞くと言ったことを思い出す。

私は迷うことなく、笑顔を浮かべて言った。

「もちろん。いつでも待ってるよ」

すると竹真くんは緊張からか、顔を真っ赤にして、

「あっ……ありがとうっ、ございます！」

珍しく大きな声を出してぺこりと頭を下げ、円香さんのところに戻っていった。

「おー、頑張った頑張った。……でも、脈がないのに引きずるとつらいぞ～……？」

「……うう……」

「あ、ごめんごめん！　まだ生傷だった！　しばらくいじるのやめるね！」

姉弟はそんな風に騒がしくしながら車に乗り込み、駅へと去っていったのだった……。

それから私たちも、種里家の御先祖様《ごせんぞ》への墓参りを済ませた後、種里邸を発《た》つことになる。

「ホンマにありがとうなぁ、結女ちゃん。水斗のこと、よろしゅう頼むで」

別れ際、微笑《ほほえ》みながらそう言った夏目さんに、私も微笑んで返す。

「彼は、意外と強い人ですから。私がいなくても大丈夫ですよ」

「んん？　さよか？」

「でも、頼まれてはおきます。……意外と寂しがりみたいなので」

後半は水斗には聞こえないように小さな声で言うと、夏目さんはにっこりと笑った。

「そら安心やなぁ」

そして車の近くに行くと、待っていた水斗が怪訝《けげん》そうな顔で訊《き》いてきた。

「祖母《ばあ》さんと何を話してたんだ？」

「なんだと思う？」

ん～？　と顔を覗《のぞ》き込《こ》みながら訊き返してやると、水斗は仰《の》け反《ぞ》りながら一歩引く。

「君……なんか、おかしいぞ」

「そんなことないわよ。情報が古いんじゃないの？」

「はあ？」

そこで、車の中から峰秋おじさんが声を上げた。

「そろそろ出発するぞー！」

はーい、と返事をしながら、私は車のドアに手をかける。

ドアを開くその前に、私は振り返った。

元カレにして、義理のきょうだいにして――好きな人に。

たっぷり嫌味《いやみ》に笑いながら。

「心配しなくても、私たちは義理のきょうだいよ、水斗くん」

「……当たり前だろ。結女さん」

過去が戻ってくることはない。
あの頃の幸せが、蘇《よみがえ》ることはない。
けれど、新しく紡ぎ上げることはできる。
例えるなら——そう。

続編、制作決定。
詳細は続報をお待ちください。

◆　東頭いさな　◆

リビングに戻ると、水斗君だけがソファーで寝息を立てていました。

あれ？　とわたしは首を捻《ひね》ります。

今日は水斗君の家で、一緒に映画――『君の名は。』を観《み》た日。

観終わった後、水斗君が眠りこけてしまったわけですが、わたしの記憶が確かならば、水斗君は結女さんの太腿《ふともも》を枕にしていたはず……。

はて、わたしがトイレに行っている間に、結女さんはどこに行ってしまったんでしょう？

首を捻りながら、わたしはソファーに近付いて、穏やかに眠る水斗君を見下ろします。

このシチュエーションは、やっぱり白雪姫を連想しちゃいますよね。

毒で倒れた白雪姫が、王子様のキスで復活する……。

うーん、ということは――


今、キスをしたら、水斗君もすぐに起きるんですかね？

一度は結女さんに注意されてやめました。

けれど、その結女さんも今はいません。ブレーキ不在です。

……ダメじゃないですか、水斗君。そんなに無防備にしちゃ。

そんなに油断してたら……取って食べられたって、文句は言えませんよ？

まさか、誘ってるんですかね？　フッた手前、自分からは言えないから、間接的にわたしに手を出せって言ってるんですかね？

まあ、これは言い訳です。欲望を堪《こら》えきれない言い訳……。

だって、こんなの、我慢できるわけないじゃないですか。

水斗君の唇は薄くて、柔らかそうで、女の子みたいに綺麗《きれい》で――

わたしが、いくらダメだって言い聞かせても、顔が吸い寄せられていくんですから――

薄い呼気が、唇に当たります。

心臓がバクバクと鳴って、今にも破裂しそうです。

もしかすると、告白したときよりも緊張しているかもしれません。

褒めてください、水斗君。

舌は我慢しますから、褒めてください。

そして、お願いですから。

あと一秒だけ、起きないでくださいね――

――そうして、わたしは、人生で初めてのキスを

「なーんちゃって!!」

わたしは急激に恥ずかしくなって、タブレットPCに打ち込んでいた文章を消しました。

ふはー、と息をつきながら、自分の部屋の天井を見上げます。

うむむ……。さすがに実在人物《ナマモノ》の、しかも友達の夢小説を書くのは照れちゃいますね。

予定ではこの後、それはそれはドエロいシーンを書くつもりだったんですけれど……。

あの日の『やれたかも』という気持ちがあまりに尾を引いたので、小説にしたためてみようと思ったんですが、どうやらこれは禁じ手のようです。

そうです。ヘタレと笑わば笑ってください。

確かにわたしは、あの日、結女さんがいないうちに、リビングに戻りました。

けれど、眠る水斗君に口を近付けようとしたその時点で、『あっ無理』と思ってあっさり身を引いたのです。

わたしの人生で初めての——もしかしたら最後かもしれない——キスするチャンスだったのに！

……でも、眠ってる相手はダメですよね。はい。普通に犯罪です。

「……はあ……」

水斗君、早く田舎から帰ってきませんかねー。会いたくて会いたくて震えます。……おっと、これを言うと『年齢バレるぞ』ってフォロワーさんに言われちゃいます。バレませんよ！　上の世代のおじさんたちが同じネタを延々とネットで使ってるのが悪いんです！

「……水斗君……」

わたしは抱き枕を抱き締めて、ベッドの上で転がります。

水斗君。わたしの友達。

あなたのことを考えるとワクワクします。明日は何を話そう。あの本読んだかな。あの話は気に入ってくれるかな。

この気持ちは、確かに恋だと思います。

でも、どうでしょう。結女さんや南《みなみ》さんに協力してもらって頑張っていた頃に比べると、彼女という肩書きにはさして魅力を覚えません。

友達と恋人って、大して変わんなくないですか？

友達でも一緒にいられるし、遊べるし、楽しいし、嬉《うれ》しいし。

恋人と違って別れることもないし、デメリットといえばエロいことができないくらい。

人によってはエロいこともやっちゃいますよね。

わたし、気付いたんです。

結女さんや南さんには申し訳ないですけど……水斗君の彼女になろうって頑張ってたあの頃より、今のほうがずっと楽しいんです。

だって、彼女になるには好かれなきゃいけないじゃないですか。

取り繕って、装って、自分を良く見せなきゃいけません。

疲れるんですよ。

その点、今の気楽さと言ったら！

一緒にいても緊張しませんし、お化粧軽くミスっても大丈夫ですし！

水斗君にその気がないのはわかってますから、性別にも気を遣わなくてＯＫ！

その上――好きなままでいいんです。

いつか告白しないとってプレッシャーもなく、片想《かたおも》いをし続けられるんです。

永遠に片想いができるなら、わたしは両想いになんかなれなくても構いません。

だって、すごく楽しいですから。

いろいろ妄想したり、横顔を盗み見たり、不意の接近にドキドキしたり。

失恋ネタでからかったらちょっと狼狽《うろた》えてくれたり。

そんな風に、推しが無限に供給されるんですよ？　楽しいに決まってるじゃないですか！

わたし、たぶん、失恋してません。

恋を失ってなんかいません。

たぶん、この片想いこそが、わたしに一番合った恋の形なんです。

ああ――わたし、最高にリア充です。

神様、お願いします。

叶《かな》うなら、一生、水斗君と友達でいさせてください。

水斗君に彼女ができたって一向に構いません。

きっと、誰かを好きになった水斗君も尊いに決まっています。

だから――神様。

わたしの片想いを、永遠に終わらせないでください。

あとがき

今回は特にいい感じに知ったかぶれることも本編に関連した個人的なエピソードとかもないので（水斗《みずと》の曾祖父のシベリアに抑留されて通訳してて、という設定が私のリアル祖父を元ネタにしたものだってことくらいでしょうか）、真っ当に内容に触れていこうかなと思います。まだ本編を読んでない人がいたら即刻ゴーバック。

ラブコメというジャンルには必ずと言っていいくらい、ヒロインが主人公のことを好きだと気付くエピソードがあります。何かしらのピンチから助けられたりとか、二人きりで過ごすうちに良さに気付いたりだとか、逆に会えなくなったり仲違《なかたが》いすることで気持ちが浮き彫りになったりとか、様々なパターンがありますが、共通するのは『主人公の良さに気付く』エピソードである点です。

ところが。

もうお気付きでしょう。そう、水斗の良さなんて、結女《ゆめ》は最初から百も承知です。どれだけ水斗のカッコいいところを書いてみせたところで、それは彼女にとって、ある意味『いつものこと』なのです。さて、どうしたものか。紡ぎ始めた家族としての絆《きずな》をそのままに、結女にもう一度、水斗を好きだと思ってもらうには――

答えは本編に書いてございます。

別に人って、人のカッコいいところにしか惚《ほ》れないわけじゃないよね、という話でした。

人の性格のうち、特に自己評価というものは社会における立ち位置が強く影響するものですが、ならば人間が最初に放り込まれる社会――親族の影響は決して無視し得ないものでしょう。

人間というのは雪のようなもので、最初こそ簡単に足跡が付いてしまいますが、次第に硬く踏み固められて、つるつる滑るだけになります。高校生という時期はたぶん、つるつるになる少し手前の段階で、簡単に影響を受ける部分と頑《かたく》なな部分とが同居している状態です。周りに振り回されるくせに、簡単には自分を変えられない。ややこしくて面倒臭いそんな時間のことを、人によっては青春と呼ぶのかもしれませんが――まあまあ、その点についてはまだ保留しておきましょう。


ここからは宣伝です。

去る２０２０年3月25日、ＭＦ文庫Ｊから私の新作、『転生《てんせい》ごときで逃《に》げられるとでも、兄《にい》さん？』が発売されています――たぶん。ＫＡＤＯＫＡＷＡの表現チェックを無事通過することができていたら。

相も変わらず拗《こじ》れた恋愛の物語で、相も変わらずきょうだいの物語です。ちょっと愛の深い妹が出てきます。ちょっとね。ちょっとだけ。中学時代の南暁月《みなみあかつき》の一億倍くらい。

私から推奨するのは、『転生ごときで〜』を読んでから『継母《ままはは》の連《つ》れ子《ご》が元《もと》カノだった』に戻ってくることです。より一層、水斗と結女の物語の尊みが増すと思います。本当に、めちゃくちゃ幸せな気持ちになれますよ。だから一回だけ。ね？　一回だけなら大丈夫だって。


あ、それと、本作の公式ツイッターアカウント（@tsurekano）ができました。SSを公開することも考えているので、ぜひフォローしていただければと思います。


イラスト担当のたかやKi先生、コミカライズ担当の草壁《くさかべ》レイ先生、担当編集様、デザイナー様、校正様、書店員様、そして読者の皆様――その他このシリーズに関わっているすべての方々に感謝を。

この4巻をもって、第一ステージ終了というところです。ヒロインレースはやらないと言ったな、あれは嘘《うそ》だ。なお競う相手は過去の自分だった模様。え？　東頭《ひがしら》いさな？　あいつはレース場に寝転んでラノベ読んでるよ。

そんなわけで、紙城境介《かみしろきょうすけ》より『継母の連れ子が元カノだった4　ファースト・キスが布告《ふこく》する』でした。夏休みが全然終わらんのだが？

継母《ままはは》の連《つ》れ子《ご》が元《もと》カノだった4

ファースト・キスが布告《ふこく》する

著　紙城境介《かみしろきょうすけ》

角川スニーカー文庫　22109

2020年4月1日　初版発行
2021年2月10日　7版発行

発行者　青柳昌行

発　行　株式会社KADOKAWA
〒102-8177 東京都千代田区富士見2-13-3
電話　0570-002-301（ナビダイヤル）

印刷所　旭印刷株式会社
製本所　株式会社ビルディング・ブックセンター

●お問い合わせ
https://www.kadokawa.co.jp/（「お問い合わせ」へお進みください）
※内容によっては、お答えできない場合があります。
※サポートは日本国内のみとさせていただきます。
※Japanese text only

Printed in Japan　ISBN 978-4-04-109164-7　C0193

★ご意見、ご感想をお送りください★
〒102-8177 東京都千代田区富士見 2-13-3
株式会社KADOKAWA　角川スニーカー文庫編集部気付
「紙城境介」先生
「たかやKi」先生

角川文庫発刊に際して

角川源義

　第二次世界大戦の敗北は、軍事力の敗北であった以上に、私たちの若い文化力の敗退であった。私たちの文化が戦争に対して如何に無力であり、単なるあだ花に過ぎなかったかを、私たちは身を以て体験し痛感した。西洋近代文化の摂取にとって、明治以後八十年の歳月は決して短かすぎたとは言えない。にもかかわらず、近代文化の伝統を確立し、自由な批判と柔軟な良識に富む文化層として自らを形成することに私たちは失敗して来た。そしてこれは、各層への文化の普及滲透を任務とする出版人の責任でもあった。

　一九四五年以来、私たちは再び振出しに戻り、第一歩から踏み出すことを余儀なくされた。これは大きな不幸ではあるが、反面、これまでの混沌・未熟・歪曲の中にあった我が国の文化に秩序と確たる基礎を齎らすためには絶好の機会でもある。角川書店は、このような祖国の文化的危機にあたり、微力をも顧みず再建の礎石たるべき抱負と決意とをもって出発したが、ここに創立以来の念願を果すべく角川文庫を発刊する。これまで刊行されたあらゆる全集叢書文庫類の長所と短所とを検討し、古今東西の不朽の典籍を、良心的編集のもとに、廉価に、そして書架にふさわしい美本として、多くのひとびとに提供しようとする。しかし私たちは徒らに百科全書的な知識のジレッタントを作ることを目的とせず、あくまで祖国の文化に秩序と再建への道を示し、この文庫を角川書店の栄ある事業として、今後永久に継続発展せしめ、学芸と教養との殿堂として大成せんことを期したい。多くの読書子の愛情ある忠言と支持とによって、この希望と抱負とを完遂せしめられんことを願う。

一九四九年五月三日

継母《Mamahaha》の連れ子《Tsurego》が
元カノ《Motokano》
だった
原作：紙城境介
作画：草壁レイ
キャラクター原案：たかやKi
コミックも"甘々《Amaama》悶絶《Monzetsu》"♥
コミックス1巻
絶賛発売中!!
DRAGON COMICS AGE
ドラドラしゃーぷ#にて
好評連載中!!
https://seiga.nicovideo.jp/manga/official/dradrasharp/
KADOKAWA

ドラマCD化決定！

CAST
キャスト

伊理戸結女 役
古賀葵

伊理戸水斗 役
上村祐翔

南暁月 役
高田憂希

川波小暮 役
畠中祐

東頭いさな 役
花守ゆみり

CONTENTS
収録内容

本編 元カップルの観察記録 ～伊理戸家の夏休み編～

夏休みも終わりが近い八月下旬。小暮は溜まりに溜まった宿題にケリをつけるため、伊理戸家は水斗の部屋に駆け込むのだが……ときを同じくして、暁月といさなも結女の部屋を訪れていた！ 小暮は構わずに宿題に取りかかるも、隣の部屋から女子たちの騒ぐ声が漏れ聞こえてきて――？

ボーナストラック 作業用ヒロインボイス1
元カノは居座る「私が居たって、本は読めるでしょ」

ボーナストラック 作業用ヒロインボイス2
東頭いさなはくつろぐ「もはや我が家と言っても過言ではないですね」

『継母の連れ子が元カノだった5』ドラマCD付き特装版

2020年9月発売予定!!!!

特報!!!!
『連れカノ』
著者・紙城境介
書き下ろし脚本
×
豪華キャストで贈る、
恋愛観察ドラマCD!
日本ミステリー全集

WEB発、
サラリーマン×JKの
同居ラブコメディ。
しめさば
イラスト／ぶーた
ひげを剃る。そして女子高生を拾う。
好評発売中！
5年片想いした相手にバッサリ振られた冴えないサラリーマンの吉田。ヤケ酒の帰り道、路上に蹲る女子高生を見つけて——「ヤらせてあげるから泊めて」家出女子高生と、2人きり。秘密の同居生活が始まる。

スニーカー文庫

入栖
—Author
Iris
神奈月昇
—Illust
Noboru Kannatuki
マジカル☆エクスプローラー
—Title
Magical Explorer
エロゲの友人キャラに転生したけど、ゲーム知識使って自由に生きる
Reincarnated as a Eroge Hero's Friend,
I'll live freely with my Eroge knowledge.
知識チートで
二度目の人生を
完全攻略！
特設ページは
▼コチラ！▼
スニーカー文庫

世界最高の暗殺者、異世界貴族に転生する
The world's best assassin, To reincarnate in a different world aristocrat
月夜 涙
画 れい亜
"伝説の暗殺者"、異世界で無双
最強×無敵の
アサシンズ・ファンタジー——!
世界一の暗殺者が、暗殺貴族の長男に転生した。現代であらゆる暗殺を可能にした知識と経験、そして暗殺者一族の秘術と魔法。その全てが相乗効果をうみ、彼は史上並び立つ者がいない暗殺者へと成長していく!!
特設サイトは▼コチラ!▼
スニーカー文庫

「」カクヨム
2,000万人が利用!
無料で読める小説サイト
イラスト:スオウ
カクヨムでできる
3つのこと
What can you do
with kakuyomu?
2
読む
Read
有名作家の人気作品から
あなたが投稿した小説まで、
様々な小説・エッセイが
全て無料で楽しめます
1
書く
Write
便利な機能・ツールを使って
執筆したあなたの作品を、
全世界に公開できます
3
伝える
つながる
Review & Community
気に入った小説の感想や
コメントを作者に伝えたり、
他の人にオススメすることで
仲間が見つかります
会員登録なしでも楽しめます!
カクヨムを試してみる
「」カクヨム https://kakuyomu.jp/
カクヨム
検索